新装版

第一秘書の野望

豊田行二

祥伝社文庫

目次

1章　議員会館

1

肘掛椅子《ひじかけいす》の背もたれに体を預け、戸原清一《とはらせいいち》は足を組んで小野川《おのがわ》代議士と応対していた。代議士に応対するには、甚《はなは》だ生意気《なまいき》な態度である。小野川代議士はソファに浅く腰をおろし、体を固くしている。

永田町《ながたちよう》の衆議院第一議員会館の五階にある、主田五一《ぬしだごいち》代議士の事務所の議員室である。議員会館の事務所はみんな同じ作りだった。

ドアを開けて入ったところが秘書室である。ここには、大体、秘書の机が三つか四つと四人掛けの応接セットが狭いスペースに詰《つ》め込まれている。

秘書の机の上には大抵、電話が机の数だけ置いてある。机の上には、ほかに、ノート、電話帳、メモ類が散乱している。

壁際には本棚があり、ここには、選挙区と代議士の所属委員会の資料などが、雑然と詰め込まれている。

入口のすぐそばには、小さな流し場と湯沸し器、水屋が来客に備えて用意してある。小型の冷蔵庫もほとんどの部屋が備えている。

秘書室の奥は議員室になっている。こちらには議員用の大型の机と陳情団用のソファ、両肘つきの椅子と、机とセットされた椅子がある。机もソファ付きの応接セットも、置かれている位置は部屋によって違う。

主田の机のように窓の方を向いて置かれた机もあるし、斜《なな》めにドアの方を向いて置いている場合もある。壁に向かって置いているところもある。

応接セットの位置も、議員室の右手にあったり、左側の壁側にあったりと、それぞれ、部屋によって異なる。

同じ作り方の同じ広さの部屋だが、机と応接セットの位置で、部屋毎《ごと》に個性を出している。

花好きの女秘書のいるところでは、議員室の窓際に、小さな花の鉢植えが、さりげなく置かれている。

議員室の壁にかかっているのは、選挙区の風景を描いた油絵とか、派閥のボスの色紙《しきし》といったところである。この壁際にも本棚があり、議員に関係のある出版物、六法全書、選挙区関係の資料などが並べられている。

なかには、秘書室に入りきれない複写機やワープロが入り込んでいるところもある。

議員の机の上は大体きれいに片づけられ、その日、議員に目を通させる必要のあるものが、のせてある。

ソファとテーブルの角をはさんで、窓を背にして置かれた肘掛椅子は、議員用である。

応接セットのソファや椅子の色は、どの部屋のも焦《こ》げ茶色である。

その議員用の肘掛椅子に戸原清一はふんぞり返っていた。

戸原清一は主田五一代議士の第一秘書である。

四十歳。身長一メートル六十五センチ、七十キロは、いささか太り気味である。

主田五一代議士は、当選八回。通産、農林水産の大臣を歴任し、現在は、非主流派の黒《くろ》潮《しお》会のナンバー・ツーの大物である。

ソファに神妙な顔で腰をおろしている小野川代議士は、五十歳。通産官僚から政界に進出した、当選一回の代議士である。黒潮会のメンバーだが、主田五一の子分でもある。

当選一回では、まだ、金蔓《かねづる》は持っていない。選挙ともなれば、資金援助は派閥と親分に仰ぐほかはない。不足分は、借金をするなり、手持ちの資産を処分するなりして、ひねり出さなければならない。

小野川代議士は、国会開会中は金帰火来の生活を続けている。金帰火来、というのは、金曜日の夜、選挙区に帰り、土曜日、日曜日と選挙区で草刈りをして、火曜日の朝、国会に戻ってくることを言う。

どの代議士の選挙区にも、隙《すき》あらば立候補しようという野心家がいるから、早いうちにその芽をむしり取ってしまわなければ命取りになりかねない。その新しい芽をつみとるのを〝草刈り〟と称している。

国会も大切だが、当選一回の代議士には、地盤を固めるほうが、もっと大切なのである。

それには、カネもかかる。

当選が五回を超《こ》え、大臣を経験したベテランになると、選挙区も安定し、それほどカネはかからなくなるが、カネのない新人ほど、選挙区にカネがかかるのだ。

議員会館の事務所の秘書室と議員室の間は仕切りがあり、普段はドアが開け放ってある。そこが閉じられるのは、金銭の受け渡しや、人に聞かれては都合の悪い極秘の話をするときだけである。

今は、そのドアは閉じられている。

小野川代議士は台所の苦しさを、ひとしきり喋ったところだった。

「それじゃ、これを」

戸原は、わずかに眉間に皺《しわ》を寄せて、左の内ポケットから、百万円札の束をふたつ、取り出した。それを小野川の前に放り出すように置く。

小野川は素早くそれを手に取った。

すぐにはポケットにおさめず、戸原を見る。唇を尖《とが》らせて、何か言いたそうな顔をした。

「何かね」

「主田先生には、選挙区の事情を話して、三百万ほどお願いしておいたのですが……」

不満そうに言う。

「おい、君！　バカも休み休み言え！」

戸原は組んでいた足を解くと、体を乗り出して、小野川代議士を怒鳴りつけた。

「主田は何を言ったか知らんが、子分は君を含めて十四人にいるんだ。その十四人全部の台所を賄《まかな》っていく、こっちの身にもなってみろ。三百万だ？　冗談じゃないよ。銀座のクラブ《赤トンボ》のツケだけで百五十万あるそうじゃないか。そんなムダ遣《づか》いをしてたんじゃ、台所が苦しくなるのは当たり前だ。少しは遊ぶのをやめて、経費節減の努力をしてから出直して来い！」

テーブルをバーンと叩いて一喝する。

小野川代議士は蒼《あお》ざめて、震《ふる》える手で二百万円を内ポケットにおさめた。

「ありがとうございます」

額をテーブルにくっつけて礼を言う。

戸原は椅子にそり返って、顔をそむけた。

小野川は立ち上がり、戸原に最敬礼をして、秘書室の境のドアを開け、振り返って、もう一度、最敬礼をした。

しかし、戸原は小野川を見ようともしなかった。

小野川がそそくさと部屋を出ていくと、戸原ははじめて腰を上げ、ゆっくりと窓のところへ歩いていった。

窓の手すりには、私設秘書の金崎恭子《かねさききょうこ》が持ってきた、鉢植えのゼラニウムが可憐《かれん》な花を咲かせている。

2

眼下には、首相官邸の建物が見えた。

門を機動隊が固めている。

前庭の駐車場には、黒塗りの乗用車が二台、ひっそりと駐車している。

首相官邸を見るたびに、戸原の脳裏には、一国の総理として、そこに乗り込む自分の姿が浮かび、野望の血が騒ぐ。

七十歳で総理になるためには、四十五歳までに、主田の跡目《あとめ》を継いで、代議士にならなければならない。主田は現在六十八歳。あと一回当選すれば、引退するだろう、と戸原は踏んでいる。頑張っても、あと二回だ。

主田は自分の後継者は戸原だ、と口癖のように言っている。しかし、戸原はその言葉を信じてはいない。信じているふりをして、忠勤を励んでいるだけである。

主田の跡目を狙《ねら》っている者は、ほかにもいる。

地元の後援会長で県会議長の森川要造《もりかわようぞう》と主田の長男の七郎《しちろう》である。

森川は六十歳。これから、代議士になったところで、せいぜい政務次官どまりである。しかし、森川は自己の政治家の歴史の最後を、あわよくば、政務次官で飾りたいと思っている。

主田の長男の主田七郎は、サラリーマンだが、再三にわたって父親に第一秘書就任を要請している。主田は今のところ、その要請を退けているが、主田の妻の初枝《はつえ》は、七郎の後押しをしているから、情勢は、いつ急変するか分からない。

戸原が主田の跡目を襲って、政治家の道を歩むには、どちらも蹴《け》落としていかなければならない。

蹴落として見せる！

戸原は首相官邸を見おろしながら、改めて胸に誓った。

十九年前に、初めて、この部屋から首相官邸を見おろしたときの感激が胸に甦《よみがえ》った。

当時、戸原は大学の三年生だった。

大学の弁論部で活躍するうちに、戸原は議員会館に出入りするようになり、そのときに同郷の主田の部屋を訪れたのが代議士との初対面だった。

その際に、初めて首相官邸を見おろして、ここに政界のナンバー・ワンがいるのか、と胸を熱くしたものである。

「どうだい、あの古い建物は。あのレンガのひとつひとつに、昭和の歴史が刻み込まれているんだぞ。政治家になったものは、誰もが一度はあの館の主になりたいと夢みるものだ。オレもそうだけどね。君も、就職なんかせずに、大学を終えたら、オレの事務所で働いて政治家を目指さないか」

主田五一代議士は眼下の総理官邸を指さしながら、熱っぽく戸原に呟いた。

それまで、漠然と政治家にあこがれていた戸原の気持ちに、その言葉で火がついた。

戸原の実家は、郷里で小さな建設業を営んでいた。父親は主田後援会の有力なメンバーでもあった。家業は兄が継ぐことが決まっていたし、戸原は大学を卒業したら、どこかに就職をするしかない、と考えていた。主田がオレの事務所で働かないか、と言ってくれたことは、渡りに船だった。

どうせ、秘書になるのであれば、早く仕事を覚えたほうがいい……。

そう思った戸原は、次の日から、議員会館の主田の事務所でアルバイトを始めた。

その頃、主田は当選二回、四十九歳の新進気鋭の政治家だった。

若手大蔵官僚から政界へ飛び込んだ主田は、戸原がアルバイトを始めて間もなく、同期のトップを切って、通産政務次官に抜擢《ばってき》された。

官僚の同期の連中が、頭をさげてくる。名の通った財界の首脳陣が白髪頭をさげてくる。

　そういった人たちに、主田は胸を張って応対した。

　主田が頭をさげるのは、名もなき選挙区の有権者たちだけであって、ほかには怖いもの知らずのように思われた。

　政治家とは、何て素晴らしいものだろう……。

　戸原は、毎日、主田を目のあたりにしながら、政治家にますます傾倒していった。

　主田には、東京にふたり、地元に三人の秘書がいた。

　東京の議員会館には、第一秘書の桑原《くわはら》と第二秘書の牧野恵子《まきのけいこ》のふたりがいた。桑原は三十八歳、牧野恵子は二十四歳だった。

　第一秘書の桑原は、政治家になることに関しては、まったく野心を持ってはいなかった。

　はじめ、戸原には、それが不思議でならなかった。戸原は、議員の秘書は、みんな、政界に野心を燃やしているものばかりだ、と思っていたからだ。

　とにかく、政界への野心がない、ということは、戸原にとっては邪魔にならない存在なのでありがたかった。

　大学を卒業して、戸原が正式に主田の議員会館に勤めるようになって間もなく、牧野恵子は結婚して事務所を辞めた。それで、戸原はスムーズに第二秘書になった。

戸原は夢中で仕事をした。

官庁や党や派の事務所への使い走り、上京してくる陳情団の国会見学や首相官邸見学の案内、宿やキップの世話……。

むずかしい仕事は桑原にまかせ、体力の必要な仕事を精力的にこなしていった。

アルバイト時代は、ほとんど電話番だったが、第二秘書ともなると、そうはいかない。電話番には、後輩で弁論部の男をアルバイトで雇い、戸原はそういった仕事をしながら、少しずつ、秘書の仕事を覚えていった。

二年間は夢中で働いた。

その間に、選挙があり、戸原は選挙区へ戻り、青年部の幹部や婦人部の幹部に連れられて、戸別訪問を行ない、頭をさげて歩いた。

その選挙で、選挙区の主《おも》だった者と面識が出来た。

桑原も選挙の中盤以後は選挙区入りをしたが、ほとんど選挙事務所から外へは出なかった。戸別訪問は戸原にまかせっきりだった。

あとで分かったことだが、桑原は、東京から出入りの業者や企業の秘書課長クラスに軍資金を届けさせ、それを流す仕事をしていたのだ。

そういった仕事に、戸原がまったく首を突っ込ませてもらえなかったのは、大学を出たばかりの若造ということと、どれだけ口が堅いか分からなかったので、信用されていなかったためである。

その選挙では、主田は最高点で三回連続当選を果たした。

一度、選挙の洗礼を受けると、戸原は不思議に落ち着いてきた。選挙区から上京してくる有権者に顔見知りがふえたし、同じ陣営で選挙戦を戦ったのだ、という仲間意識も芽生えた。

落ち着いてくると、それまで見えなかったものも見えてくるようになった。

桑原が、なぜ、政界への野心がないのに主田の第一秘書をしているのかも分かってきた。

桑原は、第一秘書の立場を利用して、利権をあさり、私腹をこやしていたのだ。桑原が政治家の秘書をしているのは、金儲《もう》けのためだった。

それが分かったのは、桑原に金儲けの片棒をかつがされたからである。

3

その日、選挙区から神崎一男《かんざきかずお》が桑原に会いに上京してきた。

神崎は主田後援会の有力なメンバーで、選挙区で養鶏場を経営していた。

神崎は主田に会いに来たのではなく、桑原と連絡をとって議員会館に現われた。それでも、桑原とは五分間ほど話をしただけで、すぐに宿舎のホテルに引き揚げた。

「戸原君、ちょっと来てくれ」

桑原が奥の議員室から呼んだ。

「何ですか」

戸原が入っていくと、桑原は秘書室との境のドアを閉めさせた。

「神崎が今夜、赤坂《あかさか》でメシを食おう、と言うんだ。君もつきあってくれ」

桑原はそう言う。

「いいですよ」

戸原はそう言いながら、たったそれだけのことを言うのに、なぜ、境のドアを閉めさせたのだろうか、と首をかしげた。

「神崎は養鶏場が儲かったので、マンションの経営に乗り出したい、というのだ。それで、国金の金利の安いカネを借りたいから、口をきいてくれ、というんだ。主田の選挙ではいつも世話になっているので、ひと肌脱いでやるつもりだ」

「いいのじゃないでしょうか」

「ところで、そのマンションの建設業者だが、神崎は入札で決めたいという意向だ。それも、適切な価格ではなく、一番安く入札したものに決めたい、というのだ」

「それで、いいのじゃありませんか」

「よくないよ」

「なぜですか」

「オレはその仕事を城山《しろやま》建設にやらせたい」

「城山建設でなければダメなのですか」

「城山建設には、前回の選挙で資金的に世話になったし、借りがあるんだ。その借りを仕事を紹介することで、返してしまいたい」

「なるほど」

「そこで、食事の途中でオレが座をはずしたときに、君から、これはウチの先生の頼みだが、国金の融資はとるから工事は城山建設にやらせてほしい、と神崎に頼んでほしいんだ」

「先生の意向だから、入札ではなく特命で城山建設にマンションの建設をやらせてほしい、と言えばいいのですね」

「そうだ。第一秘書のオレが言うと、頼みではなく、命令になってしまう。命令になってしまうと、あとで問題になったときにまずい。第二秘書の君が言ったことなら、命令ではなく、単なる希望を述べたことにすぎなくなる。第二秘書には、そんな力はないからな」

桑原はそう言った。

戸原は桑原の話を額面どおりに受け取った。

城山建設というのは、準大手の建設会社で、以前から主田の事務所に会社のトップがしきりに出入りしていた。だから、前回の総選挙で、主田にかなりの選挙資金を用立てたのだろう。その見返りに仕事がほしいと言われれば、その希望は叶えてやらざるを得ない。

当選三回では、まだ、有力なスポンサーは少ない。

その日、午後六時半に、桑原は事務所を閉めた。

議員会館の前からタクシーに乗り、赤坂へ走らせる。

桑原がタクシーをとめたのは、赤坂の料亭『なか本《もと》』の前だった。

高い黒塀をめぐらした『なか本』は、門から玄関まで打ち水がしてあり、入るのに気後れしそうなところだった。

桑原は馴《な》れた様子で玄関に入る。

「いらっしゃいませ」

頭髪を短く刈り込んだ初老の下足番が桑原を見て頭をさげた。

その声を聞いて、仲居が出迎えに現われる。

「いらっしゃいませ。お連れさまは、お見えになっていますよ」

仲居は馴れ馴れしく体を寄せ、桑原の手を素早く握った。

その様子からすると、桑原は相当『なか本』を使っているらしい。

仲居は先に立って、二階の奥の小部屋に桑原と戸原を案内した。

六畳の部屋で、掘炬燵《ほりごたつ》ふうの作りになっていた。

神崎は入口を入ったところの部屋の隅《すみ》で、正座をして待っていた。

「いやあ、お待たせ」

桑原は神崎に声をかけ、床の間を背にして腰をおろした。

「戸原君はここだ」

戸原の席を決める。

神崎は桑原の前に座を占める。

四角い卓をコの字型に囲んで、三人は腰をおろした。

「十五分ほど話をするから」

桑原はそう言って、案内してきた仲居をさがらせた。

「融資のほうはオーケーです。額が額だから、貸すほうも渋ってたが、一喝したら、オーケーしましたよ」

仲居の姿が見えなくなると、桑原は声を落とした。

「そうですか。いろいろ、ありがとうございました」

神崎は頭をさげる。

桑原は、融資の条件などを喋り、神崎はそれを手帳にメモした。

喋るだけ喋ると、桑原は、ちょっとトイレへ、と言って、腰を上げた。

戸原に目配《くば》せをして、部屋を出る。

「建設業者は入札でお決めになるそうですね」

戸原は神崎に話しかけた。

「ええ。マンション建設の話が広まって、十社ほどが、入札に加わりたい、と言って挨拶に来ています」

「実は、これはウチの先生に言われたのですが」

戸原は桑原に言われたとおりのことを言った。

「城山建設ですか……」

神崎は顔を曇らせた。

「城山建設がどうかしましたか」

「最近、地元に進出してきた業者ですが、手抜き工事をする、という噂《うわさ》がありましてね」

「それは初耳ですね」

戸原は口を尖らせた。桑原はそんな話はまるでしなかったからだ。

「それに、城山建設はよそよりも一割ほど割高なのです」

神崎はそうも言う。

「まあ、いろいろあるでしょうが、城山建設にはウチの先生からも注意してもらいます。信用にかかわるようなことはしないように、と。ですから、何とか城山建設に特命でマンションを発注してください」

「まあ、城山建設も挨拶には来ていますし、考えておきましょう」

神崎がそう言ったとき、タイミングよく、桑原が戻ってきた。

すぐに、酒と料理が運ばれてきた。

4

「実はね、桑原さん」

酒が入ると、神崎は桑原に向かって、戸原から城山を特命で使えと言われたんだが、本当に主田先生の意向なのか、とただした。

「そうだよ。でもねえ、僕からは言えないことだ、と思っていたけど、そうかね、戸原君がそう言ったのかね」

桑原は空とぼけた。

「無理にとは言わんが、ご配慮をいただけるとありがたい。ま、きれいなおねえさんたちの前だ。野暮《やぼ》な話はやめよう」

そう言って、すぐに、その話は打ち切る。

神崎は城山建設に関して流されている噂や、工費が高くつくことなどを言いたそうだった。

「いろんな話は僕の耳にも入っている。最近、地元で仕事量がふえたからね。やっかみだよ。下請けには地元の業者を可愛がっているし、いい会社だよ」

桑原は神崎の機先を制するように、そう言った。

二時間ほどで、食事は終わり、戸原は煎餅《せんべい》の詰め合わせをお土産に持たされ、ハイヤーで送られて帰った。

桑原は神崎を誘って銀座へ向かう。その二次会には、誘いはかからなかった。

神崎が地元に引き揚げると、毎日のように城山建設の津山《つやま》常務が議員会館に顔を出すようになった。

神崎マンションの仕事をとるために日参をはじめたのだ。

「戸原君、神崎に電話をして、業者の件はどうなったか聞いてみてくれ」

津山が日参するようになってから三日目に、桑原はそう言った。

戸原は神崎の養鶏場に電話をした。

「迷っていたのですよ。有利な条件を出してくる業者がいますのでね」

神崎の当惑したような声が聞こえた。

「もう、二、三日、待ってください」

そう言う。

「分かりました」

戸原は電話を切ると、迷っているそうで、二、三日待ってくれ、ということです、と桑原に言った。

「煮えきらない男だな、神崎も」

桑原は舌うちをした。

「戸原さん、神崎さんに、入札だと談合でいいようにやられる、と言ってくれませんか」

津山は言った。

「どういうことですか」

「入札は神崎さんが指名した七社か八社で行ないます。表面は自由競争ですが、そんなことをしたら、業者は儲かりませんからね。指名された業者は談合して、A社がいくら、B社がいくら、と各社の入札価格を決めてしまいます。つまり、業者同士で神崎マンションを建てる業者を決めてしまうのです。そして、そのとおりに入札するのです。損のない、最低価格でね」

「しかし、談合は禁じられているのでしょう」

「禁じられていますよ。しかし、守っているところはありませんよ。談合で、今回、神崎マンションの仕事を手に入れたものは、次の仕事では、ほかの業者に仕事を譲るのです。そうやって、持ちつ持たれつで、この業界は成り立っているのですよ。だから、一見、公平に見える入札も、神崎さんが考えているほど、安くは上がりませんよ。むしろ、談合にかかった費用を上乗せしますからね、高くなりますよ。そのことを、神崎さんに吹き込んでください」

津山はそう言う。

「電話で説明するのが無理だったら、向こうへ帰って神崎に会ってこいよ」

桑原はそう言う。

それで、戸原はそのことだけで、その翌日、選挙区へ帰ることになった。

「キップはこっちで手配します」

津山は部屋を飛び出して、一時間ほどで引き返してきた。

選挙区までの往復の航空券を戸原に渡す。

「羽田《はねだ》までは、私が車でお送りしますから」

そうも言う。

翌日、津山は飛行機に間に合うように、車で議員会館に戸原を迎えに来た。

車の中で、これは当座の費用です、と言って、封筒を渡す。

向こうに着いてからのタクシー代だな、と戸原は思った。

飛行機に乗ってから封筒を開くと、中には十万円が入っていた。

一泊して、神崎と芸者をあげて騒いでも、お釣りがくるほどの金額である。

選挙区に着くと、戸原は神崎を近くの温泉に呼び出して、一緒に食事をしながら、津山から受け売りの、談合の話をした。

「そんなカラクリになっているのですか。それじゃ、特命で発注したほうがいい」

神崎はようやく、入札はやめて、城山建設へ特命で工事を発注することを決めた。

戸原は温泉旅館の領収書からタクシー代の領収書まで、きちんと揃えて東京へ戻った。

議員会館で待っていた津山に、結果を報告する。

「よくやった」

桑原も戸原の労をねぎらった。

「これ、領収書と残りのお金です」

戸原は領収書と残金の入った封筒を津山に手渡そうとした。

津山は困惑の表情を隠さなかった。

「そんなの、いいんですよ」

封筒を押し返す。

「戸原君」

桑原は苦笑しながら戸原に言った。

「政治の世界には、領収書は要らないんだ。アシがつくからね。これからは、領収書なんて、取ろうとしないことだ」

「は？」

戸原は桑原が何を言っているのか。そのときは理解できなかった。

一カ月ほどして、神崎マンションの工事が始まった。

それから間もなくして、津山が議員会館に現われた。たまたま、そのとき、桑原は外出していた。

「それじゃ、また、来ます」

帰りかけて、津山は足をとめ、戸原の耳元に唇を近づけた。

「桑原さんには、二パーセントほど、お礼をしておきましたが、戸原さんもいくらか受け取られたのでしょうね」

そう囁《ささや》く。

戸原はそれで初めて桑原がリベートをとっていることを知った。

「おかしいなあ」

津山は顔をしかめて首をひねったが、そのまま、帰っていった。

神崎マンションの総工費が一億円だとすれば、その二パーセントは二百万円である。

きっとその金は桑原から主田後援会に入金されたのだろう、と戸原は善意に解釈した。

5

「さっき、津山さんがいらっしゃいましたよ」

出先から帰ってきた桑原に戸原はそう言った。

「何か言っていたか」

「別に。神崎マンションの工事が始まったので、お礼に来られたのではないでしょうか」

戸原はそう答えたが、桑原は返事をしなかった。何事か思い出したように、再び外出する。

三十分ほどで戻ってくると、桑原は奥の議員室に戸原を呼んだ。

「これは城山建設からの礼だ。とっとけよ」

茶封筒をテーブルに放って寄越す。

「十万、入っている」

「先生の後援会に入れましょうか」

「バカ。そんな心配はするな。オレがちゃんとしてある」

桑原は封筒を早くポケットにしまえ、とジェスチュアで示した。

戸原は封筒をポケットにおさめながら、一体、主田の後援会に、桑原はいくら入れたのだろう、と考えた。

その日の夕方、主田が議員会館の部屋に顔を見せると、桑原は議員室で城山建設の件を報告した。

閉めたはずの仕切りのドアがわずかに開いていたので、ふたりの話は戸原に筒抜けに聞こえた。

「城山建設がお礼だと言って、五十万円持って参りました。これがそうです。ところで、領収書ですが、城山建設は二百万にしてくれ、というので、二百万の領収を切って渡しておきました」

「五十万で二百万か」

「前回の選挙のときに、いろいろあった分を含めて、それぐらいになるそうです」

「そうか」

「それから――」

桑原はそのほかの報告にうつった。

戸原は桑原が津山から二百万円を受け取ったのだな、と思った。それで、二百万円の政治献金の領収書を切ったのだろう。

そのうちから、主田に五十万円、戸原に十万円を渡したから、残りは百四十万円。それを桑原は自分のポケットに入れたものと思われる。

そうだとしたら、大胆なことをする人だ……。

戸原は両手のこぶしを強く握りしめた。

主田は三十分ほど桑原の報告を受けると、翌日のスケジュールを尋《たず》ね、派閥の会合があるから、と言って、忙しそうに出て行った。

「おい、戸原君。お茶をいれてくれ」

主田を見送って議員室に入ると、桑原は怒鳴った。

「はい」

戸原はジャーのお湯でお茶をいれ、議員室に運んでいった。

桑原は肘掛椅子にもたれかかり、テーブルの上に足を投げ出していた。

その足の横に、戸原はお茶を置いた。

そのお茶をひと口すすって、桑原は戸原を見た。

「城山建設からは、オレもお礼を貰ったよ。あそこはやってやった仕事には、ちゃんとお返しをしてくる。感心だよ。そういう業者は育ててやらなくちゃ。な、そうだろう」

同意を求める。

そのときに、戸原は桑原が利権あさりを目的に政界で生きている人間であることを、はっきりと知った。

「業者の仕事の便宜《べんぎ》をはかってやったりするのは、どうも好きじゃありません」

戸原は首を振った。

「君は政界に進出するのが目標だろう。だったら、今に、カネが必要になる。そうすれば、オレが言った意味も分かってくるよ」

桑原はニヤニヤした。

それ以後、戸原は桑原を気をつけて観察するようになった。

桑原はいろいろな出入りの業者の便宜をはかってやり、せっせと謝礼を受け取っているようだった。

その謝礼がたまると、桑原はマンションを買い、ゴルフ場の会員権を手に入れた。

その都度、桑原は、郷里の父親から生前贈与《せいぜん》を受けた、とか、自分名義の山林を処分した、とか、主田に報告をしていたが、それが嘘であることは見え見えだった。

主田は桑原の嘘を、うすうす見抜いていたようだが、敢《あ》えて追及はしなかった。そういったことに目をつぶっても、主田にとって桑原は必要な人間だったのだ。桑原と喧嘩別れをするようなことになれば、主田には若い戸原と、選挙用の地元秘書しかいなくなる。それでは、政治活動は頓挫《とんざ》してしまいかねない。

桑原がかすめとるリベートは主田の腹の痛むものではないし、他人のカネで桑原を雇っている、と思えばどうということはない。そう思っているようだった。

6

桑原が主田と衝突して辞めていったのは、十年前のことだった。

その年に行なわれた総選挙で、同じ選挙区から有力な新人が名乗りを上げたため、保守票が食い合いになり、主田派はかつてない大量の選挙違反者を出してしまった。

選挙違反の逮捕者を出すと、裁判費用やら弁護士の費用、休業補償、見舞金などで、大変なカネがかかる。しかも、裁判で有罪判決になれば、三年から五年の公民権停止がつくので、次の選挙、あるいは次の次の選挙は、まるで戦力にならない。

選挙の直後は、集めたカネを使い果たした状態である。従って、選挙違反の後始末のために、また、カネをかき集めなければならない。

ところが、選挙のときにカネをせびり取られている企業側は、カネを貰いに行っても、いい顔はしない。

仕方なく、派閥の親分のところに泣きつくことになるが、それも限度がある。

だからといって、逮捕されたものを放っておけば、違反をしてまで応援したのにあとの面倒もみないと言われ、次の選挙がむずかしくなる。

そのときも、後始末の費用をどうやって捻出《ねんしゅつ》するかを、奥の議員室で、主田と桑原が話し合っていた。

戸原もその席に同席していた。

主田と桑原はしばらく金策について話し合っていたが、どうしても五百万円ほど足りないという結論に達した。

「悪いけど、桑原君。その分、立て替えておいてくれ」

主田はこともなげに言った。

「カネがあれば喜んで立て替えますけどね、そんなカネなんかありませんよ、先生」

桑原は持っていたボールペンをメモ用紙の上に投げ出した。

「ゴルフ場の会員権を売れば、そのぐらいのカネはすぐに出来るだろう」

「だったら、先生がお持ちのゴルフ場の会員権を手放されたらいいでしょう」

「あれはダメだ。あそこは名門でね、入会審査が厳しいんだ。ようやく入会を認めてもらったのに、手放すわけにはいかんよ」

「いったん手放して、また、買い戻せばいいじゃありませんか」

「そう簡単にはいかないんだよ、あのゴルフ場は。その点、君の持っている会員権は、譲渡も買い戻しも簡単なんだろう?」

「こっちだって、そうは簡単に売買できませんよ」

主田と桑原は、喋りながら、次第に感情を昂《たかぶ》らせていった。

「それじゃ、アレを貸せよ」

「アレって何ですか」

「徳沢《とくざわ》建設が、マンションの仕事をとって貰ったお礼だといって、十日前に君のところに持ってきた百万円だ」

「そんなもの――」

「貰ってないとは言わせないぞ。アレを出せ」

主田はテーブルをドンと叩いた。

桑原は顔面を真っ赤にした。

「あれは、先生の後援会の国際経済研究所への政治献金として受け取ったものです。わたしが自分のポケットに入れたのじゃありません」

「しかし、現実には国際経済研究所に入ってはいないじゃないか」

「単に、入金が遅れているだけですよ」

「入れるつもりはなかったのだろう」

「秘書をそこまで疑ったのじゃ、終わりですよ」

「疑われることをするからだ」

「先生、あんまりですよ、そんなことを言っては」

「まだ、ほかにもあるはずだ。とにかく、五百万円は君が立て替えろ」

「カネがあったら立て替えます、と言ってるでしょう。現実に、ない袖は振れませんよ」

「ゴルフ場の会員権を手放すのがいやなら、君のマンションを担保にカネを借りればいい」

「そんな、何も、秘書の財産を当てにしなくてもいいでしょう」

桑原もテーブルをこぶしでドシンと叩いた。

「オレが困っているときに助けてくれるのが秘書じゃないか」

主田もテーブルを叩き返す。

「とにかく、あしたまでに、五百万円用意してこい。持っている物を売るなり、貯金をおろすなり、何としても五百万円をつくれ。盗んでもいいのだぞ」

盗む、という言葉を口にしたとき、主田は怒っていた口元を歪《ゆが》めた。

主田が席を蹴って出て行くと、桑原も立ち上がった。

「主田は自分のカネをオレが盗んだように思っている。オレはオレが業者に物件を紹介して、喜んだ業者が持ってきた謝礼の一部を受けとっているだけだ。それを自分の懐《ふところ》に手を入れてとっているといわんばかりの口ぶりだから呆《あき》れるよ。そんなに思われたのじゃ、主田の下では働けない。オレはきょう限り、辞めるからな。あとのことはよろしく頼む」

憤然とした形相で言う。

戸原は、まあまあ、となだめ、本気には受けとらなかった。

しかし、桑原は机の引出しの中の私物を片づけて帰ると、翌日から事務所に出て来なくなった。

戸原は桑原に電話をして、考え直して出てくるように言った。自宅を訪れて、戻るように説得した。

「もう、辞めたんだから、放っといてくれ。五百万円の持参金を持って、復帰をするつもりは毛頭ないよ」

桑原は頑《がん》として、説得に応じなかった。

戸原はそのことを主田に報告した。

「そうか、どうしても辞める、というのか。それならそれでいい。オレからかすめとったカネをオレに巻き上げられそうになって、カネが惜《お》しくなったんだろう。桑原の後任は、戸原君、君だ。きょうから、君が第一秘書だ」

主田はあっさりと、そう言った。

「しかし、わたしには、とても当座の五百万円など捻出する力はありません」

「ああ、あの五百万円なら気にしなくてもいい。女房がヘソクリを貸してくれるそうだ」

主田はそう言って、大きな口をあけて笑った。

桑原はそれっきり、議員会館には顔を見せなかった。

主田の初当選の二年前から行動を共にして、十年以上にわたってつかえた関係が、わずか一日で消滅してしまったのだ。

議員と秘書の関係はそんなに浅いものなのか、と戸原は暗然たる気持ちになった。しかし、それは桑原が主田の秘書という立場を利用して、利権あさりに没頭したからではなかろうか、と思い直す。

利権あさりに没頭する、ということは、主田を裏切り続けたことになる。だからこそ、ふたりの関係は一瞬のうちに瓦解《がかい》し、消滅してしまったのだろう。

オレは第一秘書として、主田の全幅の信頼を受ける男になろう。そして、後継者は戸原清一だ、と主田の口から後援会の人たちに言ってもらえる男になろう……。

第一秘書のバッジを背広の襟につけた日に、自分にそう誓った。

7

主田の信用を得るために、戸原はカネに無欲の人間になろうと思った。

主田のように、桑原に政治資金のピンハネをされ、カネで裏切られ続けた男は、カネに関してはことさら神経質になっているはずだ。そのもっとも神経質になっている部分に触れないようにすれば、自ずと信用を得ることはできる。

将来、政治家になれば、カネなんかいくらでもかき集められる。何も、秘書時代に蓄財をする必要はない。

それに、選挙に出るときは、資金は何とか集まるものだから、慌《あわ》てて集めることもない。

そう考えたのだ。

戸原は、入ってくるカネはすべて、主田の後援会である国際経済研究所に入金した。

桑原なら、当然、懐に入れていた性格の個人的な謝礼であっても、それが現金である場合は国際経済研究所に入金した。

そんな戸原を、主田は次第に信頼するようになった。

第一秘書になって三年目には、主田は国際経済研究所のカネの出入りもまかせるほどになった。

それでも、戸原は一銭のカネも自分のポケットへは入れなかった。カネが必要になったときは、どんなこまかいものでも、主田の了解を得てから使った。

「こまかいものは、いちいち断わらなくてもいい」

主田はそう言ったが、戸原は一万円以上の出費については、必ず断わって、カネには野心がないことを徹底させた。

主田は戸原が断われば、黙ってうなずくだけだった。

いったん信頼してからは、国際経済研究所の帳簿すら見ようとしなくなった。

主田は全幅の信頼を置ける秘書を得たことが嬉しくてならないらしく、この男はオレの分身だよ、と誰彼なしに自慢した。

第一秘書になってから三カ月ほどは、戸原はひとりで事務所を切り盛りしていた。第二秘書に適当な人物がいなかったからだ。

そんなときに、地元から第二秘書に、と推薦されてきたのが大村安二郎《おおむらやすじろう》だった。大村安二郎は地元の農協のボスで主田後援会の顧問の大村大一郎《だいいちろう》の次男だった。家は長男が継ぎ、大村安二郎は将来は県議になりたいという希望を持っていた。そのために生きた勉強をしたいという。

こういった男は、第二秘書の給料が安いからといって文句は言わない。

それで、主田が預かることにしたのだ。

ほぼ、同じ頃、女性秘書の金崎恭子も事務所に入ってきた。こちらは主田の近所の米屋の遠縁で、主田夫人の推薦だった。

「お茶汲みの女の子がいなくちゃ、事務所が殺風景よ。男の秘書は仕事はできても、部屋の掃除なんかしないのだから」

主田夫人の初枝はそう言って金崎恭子を送り込んできた。

大村安二郎は戸原よりも五つ年下で、金崎恭子はそれよりさらに三つ年下だった。

金崎恭子は初枝と電話で話をするときには、まるで友達とおしゃべりをするような口をきいた。

ええ、そうなの。ほんと、呆れちゃった。あら、やだ……。

そういった言葉遣いである。

戸原は、初枝が夫と秘書を監視させるために金崎恭子を送り込んできたのを感じた。

金崎恭子は四年生の大学を出たために、適当な就職口がなかった、と言った。

女は短大卒までは就職があるが、四年生の大学卒は、結婚までの腰掛けと見られるため就職は狭き門になる。

金崎恭子はすらりとした美人だったので、議員会館に勤めるようになってからも、縁談がいくつかあった。

戸原は初枝のスパイを追い払うチャンスだと思って、その都度、結婚をすすめた。

しかし、金崎恭子はその縁談をことごとく断わってしまった。

議員会館には、得体の知れない男たちも出入りするが、圧倒的に一流の人物のほうが多い。そういった一流の人物を身近に見馴れ、時には親しく口をきいたりすると、どうしても縁談の相手は見劣りする。そのために、議員会館には婚期を逃してしまったオールドミスが多い。

「そうならない前に、いい人を見つけることだな」

戸原はそうも言った。

「いいんです」

金崎恭子は戸原の言葉にも耳を貸そうとはしなかった。

戸原は第一秘書になって三年目に、主田のすすめる女性と結婚した。

相手の女性は主田の同僚議員の娘で、戸原よりも十歳年下だった。代議士の娘なら、何もほかの代議士の秘書と結婚することもないのだが、妾《めかけ》の子だったので財界人の御曹司《おんぞうし》と結婚するわけにはいかなかったのだ。

戸原は一年ほどつきあってみて、心の優しい、聡明なところが気に入って、結婚した。

媒酌人は、もちろん、主田と初枝がつとめた。

初枝は新婦がお色直しに行っているときに、囁いた。

「せっかく、あなたのお嫁さんにと思って、金崎恭子さんを議員会館に入れたのに、まるで口説《くど》かなかったそうね」

それで、戸原は初めて金崎恭子がほかの縁談をことごとく断わった理由が分かった。

しかし、戸原が選んだ妻のほうが、金崎恭子よりも、はるかに政治家の女房に向いていた。それに、いざ、というときに、妻の父親の助力も得られる。

戸原は自分の選択が間違っていないのを確信した。

結婚したとき、戸原は三十三歳だった。

翌年、長女が生まれ、三年後に長男が生まれた。

金崎恭子には、その後も思い出したように縁談が持ち込まれたが、相変わらず結婚に踏み切ろうとはしなかった。

今、戸原は四十歳になったばかりだった。

見おろしている首相官邸は十九年前と、ほとんど変わっていない。

その間に、主田は大臣を二回歴任し、そのたびに、戸原は大臣秘書官としての貫禄をつけていった。

そして、今や、秘書でありながらも、陣笠代議士は怒鳴りつけるほどになった。

戸原は首相官邸を見おろしながら、背広の上から内ポケットを押さえた。

そこには、百万円の札束が入っている。

さっき、小野川に渡した二百万円の残りである。

はじめ、戸原は小野川の要求どおり、三百万円を渡すつもりだった。しかし、小野川には先月も二百万円渡している。そのほとんどを小野川が銀座の女に入れあげた、という情報が、同じ銀座から戸原の耳に入っていた。

それで、三百万円をそっくり渡すのがバカバカしくなって、二百万円しか渡さなかったのだ。

渡したカネを選挙区の培養費に使ってくれるのであれば、そっくり渡す。次の選挙で当選して、主田のために役立ってくれるからだ。それは、ひいては戸原が主田の地盤を譲り受け、後継者として立候補するときにも生きてくる。応援に駆けつけ、大いに持ち上げてくれるからだ。

しかし、渡したカネを銀座で女に使うのは、ドブに捨てるようなものである。選挙区に栄養が行き渡っていないから、次の選挙では落選の公算が大きくなる。落選してしまった代議士ほど、つぶしがきかないものはない。

故大野伴睦《おおのばんぼく》は、猿は木から落ちても猿だが、代議士は落ちたら代議士ではない、という名言を吐いたが、落選したらそれまでなのだ。

百万円は、銀座の女に入れ上げているようなバカには渡したくなかった。

これは、オレの人脈作りに使おう……。

そう思う。

使い道については、主田には報告しないつもりだった。

何に、どう使ってもいい、というお墨付《すみつき》は七年前に貰ってある。

四十歳になった今から、自分の野望のために、カネを使わせてもらおう、と思う。

「凄いのね、代議士を怒鳴りつけるんだもの。戸原さんの迫力には、秘書室にいたわたしのほうが震えあがったわ」

背後で金崎恭子の声がした。

振り返ると金崎恭子が赤いバラを一本持って立っていた。

「きょうはお誕生日なのでしょう。はい、これ。おめでとう」

そう言って、バラを差し出す。

「そうだ、金崎君。今夜、メシをつきあわないか」

戸原はバラの花を適当な長さに折って、胸に差した。

「でも、今夜はお宅でみなさんがお待ちなのでしょう?」

「そんなことはどうでもいい。わが家では、元旦に家族全員の誕生祝いをまとめてしてしまうんだ。いちいち、個人のセレモニーを優先していたのでは、国家の役に立つ人間にはなれないからね。どう? つきあうかね」

「わたし、もう、三十三歳なのよ。こんなお婆ちゃんでいいの?」

「何を言ってるんだ。三十三歳は女盛《ざか》りの年じゃないか」

戸原は目尻の皺を気にする金崎恭子を笑い飛ばした。

2章　布石

1

戸原は赤坂のTBSの地下の『ざくろ』を予約して、金崎恭子をそこに連れていった。第二秘書の大村や恭子やアルバイトの学生を連れて、安い店に飲みに行くことは珍しくない。しかし、『ざくろ』のような高級な店で、恭子とふたりだけで食事をするのは初めてだった。

しかも、個室である。

この店はよく利用するので、よほどのことがない限り、無理がきく。

「お父さん、その後、どんな具合？」

運ばれてきたしゃぶしゃぶ肉を煮えたぎったお湯の中へ入れ、ピンク色が残っているうちに口に運ぶ。

恭子の父親は一年前に田舎で中風《ちゆうふう》で倒れていた。その様子を尋《たず》ねたのだ。

「一進一退ね。気分がよいとベッドの上に起き上がるそうだけど、とてもリハビリをするまでは回復しないわ」

恭子は顔を曇らせた。

「早く結婚して、安心させておけばよかったのに。長女なのだろう」

「三人姉妹のね。でも、妹ふたりは嫁《とつ》いでるし、ちゃんと孫の顔も見ているから、心残りはないはずよ」

恭子はしゃぶしゃぶの肉を赤味が消えるまで煮て食べる。

「でも、長女というのは気になるものらしいよ」

「今になって、戸原さんの言うことを聞いてさっさと結婚しておけばよかった、と思うわ。私設秘書って、病気になっても何の保証もないし、ボーナスもお情けで一カ月分貰うだけだし、退職金だって出るか出ないか分からないし……」

そう言いながら、恭子はビールを飲んだ。

「でもね、そうはいかなかったの」

「どうして?」

「それは、ヒ、ミ、ツ」

恭子は飲むと賑《にぎ》やかになる。

空になったグラスを突き出して、注《つ》いでちょうだい、と言う。

飲むピッチも戸原を上回る早さである。

「お父さんに、何か、お見舞いを送ったかね」

「送ろうと思っているうちに、一年が終わっちゃったわ。つまり、生活に余裕がないのね。あんまり安っぽいものは送れないし」

「そいつは僕も気がつかなくて、悪かった。これで、何か送ってあげたら」

戸原は内ポケットから、百万円の札束を出して、恭子の前に置いた。

「ああ、ビックリした」

恭子は左手で胸を押さえ、札束と戸原を交互に眺めた。

「これ、あなたのお金？」

「厳密に言うと、先生のカネだろうな。さっき小野川代議士に三百万渡すつもりだったけど、二百万しか渡さなかったから、これは、その残りさ」

「さっき、戸原さんは三百万用意していたのに、二百万しか渡さなかったようだから、残りの百万はどうしたのかな、と思っていたのよ」

「小野川なんかにやるよりは、君にあげて、これで親孝行をしてもらったほうがいい」

「ありがとう」

恭子はジッと札束を見ていたが、首を振って押し戻した。

「でも、受けとれないわ。わたしが戸原さんの愛人というのならともかく、こんなものいただくいわれはないわ」

「だったら、愛人になれよ」

「え？」

恭子は反射的に顔を上げて、戸原を見た。

「戸原さん、いずれは代議士に出るのでしょう？　スキャンダルは命取りになるわよ」

真顔で言う。

「そんなことは分かっているさ。スキャンダルにしなければいい」

「わたし、バラすかもしれないわよ」

「君はバラさないよ」

「なぜ、そんなことが分かるの？」

「結婚式の披露宴の最中に、先生の奥さんから聞いたんだ。奥さん、君を僕と結婚させるために議員会館へ送り込んだのに、僕が口説こうともしなかった、と落胆してたよ」

「奥さん、そんなことを言ったの？」

恭子はまばたきを忘れた目で戸原を見た。

「あれから七年になる。でも、君は結婚しようとしない。きっと、まだ、オレのことを好きなんじゃないかな。そうだとしたら、君は一生、結婚しないはずだ。だったら、オレの愛人にならないか」

「随分《ずいぶん》、自信家ねえ」

「自信家でなけりゃ、政治家になることを目標に生きてはこなかったさ。オレは五年以内に先生にかわって代議士になるつもりだ。代議士になれば、妻は選挙区に張りつかなければならない。東京の事務所に気心の分かった者が必要になる。金庫番をまかせられる人物が必要になる、その役を、オレは君にやってもらいたいんだ」

「呆《あき》れたわ」

「なぜ？」

「だってそうでしょう。抱いてもみないで、愛人になれ、とか、金庫番になれ、とか言うなんて。抱いてみて、失望したらどうする気？」

「抱くからには、失望しても責任はとる」

「あなたには、負けちゃったわ」

恭子は百万円の札束に手を伸ばすと、ハンドバッグにおさめた。

「さあ、煮るなり焼くなり、好きにして」

そういうと、恭子はグラスのビールを一気にあおった。

2

赤坂のキャピトル東急《とうきゅう》ホテルのメインバーに恭子を待たせて、戸原はフロントでチェックインの手続きをすませた。

ダブルベッドの部屋のキイを貰ってバーに戻る。

カウンターの下でそっとキイを渡し、先に部屋に行かせる。

戸原は勘定《かんじょう》を払ってから、エレベーターで部屋に向かった。

戸原は結婚以来、浮気は一度もしたことがない。秘書団で海外旅行へ出掛けたときも、女あさりに余念のない仲間を尻目に、選挙区への絵葉書を書いていたほどである。浮気をするチャンスはいくらでもあったが、一度としてそのチャンスに飛びついたことはない。

だから、妻の信用は絶大である。

「いいのよ、浮気ぐらいしても。男なんだから。わたし、怒らないわ。でもね、よそで子供だけはつくらないで。わたしみたいな可哀そうな子は、わたしひとりで充分だから」

妻の香代《かよ》はこれまで何度もそう言ったものである。

確かに、戸原が浮気をしても、香代はじっと耐えるだろう。男とはそんな動物なんだ、とあきらめるだろう。

許されると分かっていて、戸原は浮気をしなかった。

カネにまったく野心を見せずに主田《ぬしだ》の信用を得たように、女にまったく野心を見せずに戸原は妻の信頼を得た。

そのどちらのタブーも、今夜、破ることになるのだ。

しかし、香代には代議士の妻という晴れがましいポストを与えてやるのだ。それは、香代の腹違いの正妻《せいさい》の娘たちが、望んでも得られなかった地位である。

香代をその地位に長くとどめるには、戸原は選挙のたびごとに、当選を続けていかなければならない。

そのためには、恭子は必要な存在なのだ。だから、恭子とも男女の仲にならざるを得ない。

政治家には政治家だけの倫理がある。事務所を委《ゆだ》ね、金庫番をやってもらう女は、裏切らないようにヘソの下でつながっておかなければならない。そして、それは政治家の倫理では許されることなのだ。そこに、世間一般の倫理を持ち込んでもらっては困る……。

恭子のいる部屋に向かいながら、戸原はそんなことを考えた。

ドアチャイムを押すと、数秒待たされてドアが開いた。

恭子はホテルの浴衣《ゆかた》に着替えていた。

バスルームのバスタブには、お湯が張ってあった。

「お風呂へどうぞ」

恭子は戸原の背広を脱がせて、ロッカーのハンガーに掛けた。

ズボンも同じように、ハンガーに掛ける。

パンツだけになると、戸原は恭子を引き寄せて、キスをしようとした。

「ダメ」

恭子は戸原の唇を指でさえぎった。

「歯を磨いて、お風呂で体を洗ってからよ」

そう言う。

その態度に、余裕が感じられた。

男を知っているな。それも、相当深く……。

戸原はそう思った。

別に、恭子に処女を期待していたわけではない。性的にルーズでない女であれば、それでよかった。

性的にルーズな女は、カネにもルーズである。それでは困る。

戸原はバスタブに入り、体を石鹸で洗って、上がってから歯を磨いた。

腰にバスタオルを巻きつけて、バスルームから出る。

入れかわりに、恭子がバスルームに入った。

戸原はベッドに横になって、恭子が出てくるのを待った。

恭子は長い時間をかけて入浴し、戸原が待ちくたびれた頃、浴衣姿で現われた。

「灯《あかり》、消してもいい？」

ベッドの足元に立って、戸原に尋ねる。

「真っ暗はイヤだな」

「分かったわ」

恭子は足元のデスクの上のライトをスモールにして、ほかの灯は消した。

「恥ずかしいな」

甘えた声でそう言いながら、戸原のそばにもぐり込んでくる。

戸原は恭子を抱いてキスをした。

抱きやすい体だった。

キスをしながら、浴衣の合わせ目から、手を入れる。

浴衣の下は素肌だった。

小さな乳房に手が触れた。

少女期に成長をとめてしまったような、固い小さな乳房だった。乳首は一人前の大きさをしている。

戸原は枕元の灯をつけ、スモールに切り替えると、恭子の帯を解き、胸元を開いた。

小さなふくらみの上に、褐色の乳輪が広がり、そのうえに乳首が尖《とが》っていた。

「貧相な胸だから、見せるの恥ずかしいわ」

恭子は浴衣の胸をかき合わせようとした。

それより早く、戸原は乳首に吸いついた。

恭子の胸にくらべれば、香代のほうがうんと立派である。それだけに、貧弱なオッパイが、逆に珍しい。

戸原は乳首に吸いついたまま、浴衣の前を下の方までゆっくりと開いた。

茂みが手に触れる。

尖った感じの恥骨のふくらみの上を、筆の穂先のような茂みが覆《おお》っていた。茂みを構成する一本ずつが、縮れておらず、互いに寄りかかるようにして中心部に集まっている。

戸原は乳首から唇を放し、茂みを見た。

形はこぢんまりとした逆三角形である。

香代の、ゆるやかに盛り上がった恥骨のふくらみに、縮れた毛が円形に張りついている眺めとはまるで違う。

戸原は茂みに顔を伏せた。

香代とは違った、新鮮な魚を思わせる生の匂いが戸原を包む。香代の匂いのほうが、もっと動物的である。

戸原は恭子に立て膝《ひざ》をさせ、その膝を大きく開かせた。

茂みの下の亀裂が割れ、一対の淫唇《いんしん》と、その上部に、カバーに包まれた女の蕾《つぼみ》が現われた。

指で淫唇を押し広げる。

蜜液に濡れた溝が現われた。

恭子はされるがままになっている。

香代は亀裂を覗《のぞ》かれるのを極端にいやがり、無理に覗こうとすると怒り出す。それだけに、恭子のその部分の眺めは珍しく、黙って眺めさせてくれる恭子がありがたかった。

戸原は亀裂にキスをした。

女の匂いが強くなる。石鹸の香りもするが、それよりも生の女の匂いのほうが、はるかに強かった。

その匂いの中に、舌を埋める。

刺すような蜜液が舌にからみつく。

蜜液を味わうのは、初めてだった。

香代は見せるのをいやがったが、それ以上に、その部分に舌を使われるのをいやがった。

戸原が唇を近づけると、これから日本を背負って立とうとする人が、そんなあさましいことはなさらないでください、と叱られる。

そこへキスをすることと、政治家になることとは、まったく別のことなのだが、香代はそれを一緒にして戸原をたしなめる。

そうまで言われれば、強行するわけにもいかず、いつも戸原は至近距離まで接近しながら、女芯を味わったことはなかった。

「ああ……」

恭子は戸原の舌を歓迎する声を出した。

新しい蜜液が、奥から溢れ出る。

戸原は舌鼓《したつづみ》をうって、その蜜液を味わった。

亀裂の上部にふくらんでいる蕾にもたわむれる。

カバーを指で後退させ、剝《む》き出しにした頭部に舌を這わせる。

「ヒイッ……」

恭子はのけぞって、全身を痙攣《けいれん》させた。

それでも、舌による愛撫は拒まない。

恭子も舌が伝えてくる快感をむさぼっていた。

溢れ出た蜜液がぐっしょりするほど舌で愛撫を加えてから、ひとつになる。

通路が強い力で欲棒を締めつけてきた。

「安全期かね」

耳元で尋ねる。

「生理の三日前よ。絶対の安全期よ」

恭子はあえぎながら、うなずいた。

尖った恥骨が香代とは違った甘美な圧迫感を伝えてくる。

戸原は出没運動を始めた。

結婚してから初めての妻以外の女体だったことと、たっぷりと舌を女芯に使うことを許されたために、戸原はかつてない興奮を覚えていた。

それが戸原をあっという間にゴールに導いた。

戸原は恭子を待つ余裕もなく、女体の中に男のリキッドを爆発させた。

初回は暴発に終わったものの、二回目には戸原は冷静さを取り戻し、今度は恭子をクライマックスまで導いた。

3

「ねえ」

ひと眠りしてから、恭子は戸原をつつき起こした。

ナイトテーブルのデジタルウォッチは午前零時五分になっていた。

朝までにはだいぶ時間がある。

「あなたの結婚式のときの話だけど、先生の奥さん、本当に、わたしを事務所に送り込んだのはあなたと結婚させるためだ、と言ったのね」

「そうだよ」

「そう」

恭子はニヤリと笑った。

「それがどうかしたのかね」

「実はね、わたしが議員会館の事務所につとめるようになったときは、妊娠中絶の手術をしたばかりだったのよ」

「へえ、そうだったのか」

「お見合いの話を片っ端から断わったのも、そのためだったの。妊娠中絶したことを口を拭《ぬぐ》って結婚する自信がなかったの」

「しかし、先生の奥さんは、そんなことは知らなかったのだろう」

「知ってたわ。だって、中絶した赤ちゃんの父親は主田七郎なのよ。長男の不祥事を隠すために、中絶の費用はすべて夫人が持ったのよ」

「驚いたな。それを承知で君を僕と結婚させようとしたのか」

「そうよ。主田夫人は、秘書なんか、下僕か家畜ぐらいにしか思っていないのよ。だから、息子が傷物《きずもの》にした女を秘書に押しつけるぐらいは朝メシ前よ」

「そんなことを喋ってもいいのか」

「だって、わたし、あなたの愛人でしょ」

恭子は顔を戸原の胸に埋めた。

「君と寝るまでは、オレは君を奥さんのスパイだ、と思っていた」

「そうよ、わたし、奥さんのスパイだったわ。でも、今は違うわ」

恭子は上目遣《づか》いに戸原を見て、顔色をうかがった。自分の話で戸原が腹を立てていないかどうかを見たのである。

「先生の奥さんは、長男の子供を中絶した君をオレに押しつけてどうするつもりだったのだろう」

「あの人は、長男の七郎さんではなく、次男の八郎さんを溺愛しているわ。だから、あなたが先生の後継者として名乗りを上げ、七郎さんも後継者として出てきたときに、わたしの過去をバラして、スキャンダルにするつもりだったの。そうすれば、あなたと七郎さんは喧嘩両成敗《せいばい》でどちらもおろされる。そこで八郎さんを後継者にする、というのが奥さんの書いたシナリオだったの」

「凄いことを考えていたのだな、先生の奥さんは」

「とにかく、あの人は先生の地盤は自分の財産だ、と思っている人だから、あなたに残す気持ちなんか毛頭ないわよ」

「甘かったな、オレは。先生の奥さんがそこまでやる女とは考えていなかったよ」

「でも、わたしを口説かなかったのは立派よ。わたし、女として魅力がないのじゃないかと心配になったわ」

「長男を愛してたのか」

「もちろんよ。愛していたから身を引いたのよ。奥さんからは、七郎の嫁はきちんとした上流階級のお嬢さんじゃないとダメだ、と言われたわ。愛していなかったら、週刊誌に駆け込むなり、告訴するなり、何らかの手段を講じていたわね」

恭子は体をずりさげ、柔らかくなっている欲棒を口に含んだ。

香代が一度もしてくれたことのない甘美な愛撫だった。その愛撫にこたえて、欲棒は急速に力を回復しはじめた。

「わたし、戸原さんの愛人になる資格はあるかしら」

ふと、股間から戸原を見上げて恭子は尋ねた。

「充分にあるよ」

戸原はうなずいた。

「よかった」

恭子は欲棒を強い力で握りしめた。

「わたし、主田夫人と主田七郎を見返してやりたいの。そのためにも、あなたには絶対に代議士になってもらうわ」

恭子は欲棒に頬《ほお》ずりしながら、呻《うめ》くように言った。

「今でも、先生の奥さんとは仲がいいのだろう」

「ええ、表面上はね。憎んでも憎みきれない人だけど、ポーカーフェイスでつきあっているわ」

「その状態をこれからも続けてくれないか」

「本当は、胸を張って、わたしは戸原の愛人なのよ、と言いたいわ」

「それは、まだ早い。オレが先生との打ち合わせで奥沢《おくさわ》の自宅を訪ねても、奥さんは決して顔を出さないんだ。あの人が何を考え、何を画策しているか探れるのは君しかいない」

「そうね。わたしのことは味方だと信じきっているみたいだから、よく、本音を言うもの」

「それをオレに教えてほしい」

「逆スパイか。面白いわね。わたしの裏切りを知ったときのあの人の顔が早く見たいわ」

「それじゃ、いいね」

「分かったわ」

恭子は戸原の上にまたがり、完全に硬度を回復した欲棒を女体の通路の入口に導き、ゆっくりと腰を落としてひとつになった。

両膝と両手で体を支える。

引力に引っ張られて、小さな乳房が女らしい形になった。

4

翌朝、戸原が目をさましたときには、ベッドにも部屋にも、恭子の姿はなかった。

結婚以来、初めて妻以外の女と、三回も行なった疲れで、熟睡してしまったのだ。

ベッドには、特徴のある恭子の匂いが残っていた。その匂いを嗅《か》ぎながら、しばらくまどろむ。

ナイトテーブルの上の電話が鳴った。

無意識に手をのばして電話に出る。

「お目ざめ?」

恭子の声が聞こえた。

「ああ、おはよう。どこにいるのかね」

「議員会館のお部屋よ。いったん、自分の部屋に帰って、着替えをして出てきたの。あなたは熟睡していたわ。可愛い寝顔だった」

恭子はウフフフ、と笑った。

ナイトテーブルの時計を見ると、午前九時十五分だった。

「シャワーを浴びてそっちへ行くよ」

戸原は電話を切るとベッドを降りて、バスルームに入って熱いシャワーを浴びて目をさました。

この日は、主田は午前八時からこのホテルで行なわれている派閥の朝食会に出席しているはずだった。午前七時半に、大村が奥沢に迎えに行き、ホテルへ送り届けることになっていた。

戸原は身仕度をすませると、ホテルから歩いて議員会館に出勤した。議員会館はホテルの裏手の坂の上にある。歩いても五分とかからない。表玄関までまわれば、時間はもっとかかるが、裏口から地下三階に入るという近道がある。

議員会館は坂の斜面に建てられているので地下三階といっても坂の下の地上である。坂の上の一階から入って、エレベーターで地下三階におりると、いかにも地底におりていくような感じがするが、地下といえるのは玄関側だけで、地下二階の議員食堂も地上にある。

地下三階の裏口は、荷物を搬入したり搬出したりするための出入口だが、議員バッジや秘書バッジ、通行証があれば自由に出入りできる。

そこからエレベーターに乗れば、大まわりをして玄関から入るよりも非常に近い。

議員会館の事務所には恭子ひとりだけがいた。

大村は朝食会のお伴《とも》からまだ帰っていなかったし、アルバイトの学生も、まだ顔を見せていない。

「よく眠ったみたいね」

奥の議員室に入った戸原について、恭子も入ってきた。腰からすり寄って甘える。

戸原が肘掛椅子に腰をおろすと、その膝に腰をおろし、キスをしてくる。

戸原は恭子の裸を思い出しながら、ワンピースの上から女体をまさぐった。

「恭子」

「なあに」

「この部屋にいるときだけは、他人同士で通そう」

「ふたりきりのときも?」

「そうだ。誰がいきなり入ってくるか分からない」

「分かったわ」

未練たっぷりに恭子が秘書室に戻り、戸原が大きく背伸びをしたとき、ノックもせずに勢いよくドアをあけて、主田が入ってきた。

まさに、間一髪《かん》だった。

決断があと一分遅れていたら、言いわけのきかない現場を主田に目撃されていたところだ。

「おはようございます。珍しいですね、こんなに早く」

「朝食会で何も話題がなくてねえ。青山《あおやま》君が碁をやろう、と誘ってきたが、彼と碁を打ちはじめるときりがないだろう。それで、選挙区の陳情団を待たせてあるから、と言って逃げ出してきたんだ」

主田は机の前の回転椅子に腰をおろすと、おーい、お茶をくれぇ、と秘書室の恭子に怒鳴った。

少し遅れて、地下駐車場に車を置いた大村が戻ってくる。

数年前までは、運転手を雇っていたのだが、秘書が運転手を兼ねたほうが、小回りもきくし、秘密の話も遠慮なくできるので、今は運転手を雇っていない。

「そうそう、朝食会のあとで小野川君にからまれちゃったよ。三百万と言ったのを二百万円に削《けず》られたんだって?」

「当たり前ですよ。銀座の女に入れあげちゃって、選挙区には使わないのですからね。このままじゃ、次の選挙は危ないですよ」

「選挙区に使わないのか」

主田はけわしい表情を見せた。

「小野川君は、何とかあと百万、頼みますと言ってたけど、カネのことは戸原にまかせてあるから、と突っぱねておいたよ」

「使うことばかり考えずに、自分で頭をさげてカネを集めてまわってみればいいのですよ。十万集めるのがどんなに大変なことか、骨身にしみて分かるはずです。泣きつけば、いつも百万単位のカネが貰える、と思っていたら大間違いですよ」

戸原は吐き捨てるように言った。

「今度、ねだられたら説教しておこう」

「お願いします。それから、小野川に渡すつもりで用意していた三百万円のうちの残りの百万円ですが――」

「戸原君。カネの報告はしなくていいと言っただろう」

主田は戸原をさえぎると、腕時計を見ながら腰を上げた。

「オレはこれから、院内で幹事長に会わなきゃならない」

主田は立ったまま、恭子が運んできたお茶をガブリと飲むと、入ってきたときと同じように、慌《あわ》ただしく部屋を出ていった。

5

議員会館の事務所の電話は、午前九時半頃から鳴りはじめ、一日中、三本の電話のどれかが、かかっている状態である。

だから、戸原たち三人の秘書は手分けをして昼食をとりに出掛ける。それでも、電話がかかりっ放しだと、昼食をとり損《そこ》ねることも珍しくない。

そんなときは、陳情団が土産に持ってきた、饅頭《まんじゆう》や最中《もなか》などをお茶で流し込んで誤魔化すほかはない。

その日は珍しく電話が少なかったので、戸原は電話番を恭子にまかせ、大村を誘って地下二階の議員食堂におりていった。それでも、時間は午後一時をまわっていた。

議員食堂には、入口にデパートのようにサンプルを並べたショーケースがあり、食券を買って注文した品をテーブルに運んでもらう。議員秘書の場合は食券を買わずに、伝票にサインだけでもいい。

食堂の奥の一角は移動式カーテンで仕切られていて、そこは議員同伴席になっている。建前は議員同伴でないと入れないが、秘書バッジをつけている者が利用しても、別に文句は言わない。

秘書の中には、駆け出しの議員よりも力を持っている者がいくらでもいるし、そんな連中をへたに怒らせるとあとが怖いから、食堂も議員も、見て見ぬふりをする。

寿司のカウンターは、その議員同伴席にある。

戸原はそこに腰をおろした。

「中トロにイカ、エビ、ウニ、アワビ」

食べたいものを注文する。

「同じものをください」

大村は戸原と同じものを注文した。

「実は、二年後に行なわれる県会議員の選挙に、いよいよ立候補しようと思うのです」

目の前に握って出された中トロを口の中に放り込むと、大村は言った。

大村が立候補しようと狙《ねら》っているところは田舎の市で、県議の定員は一名である。そこからは、現在、主田派の議員が出ている。

「先生には相談したか」

戸原も中トロを放り込み、お茶をすすった。

「まだです。まず、戸原さんにご相談をと思いまして」

「大村君。うちの先生、あと何年やると思うかね」

「あと、一回か二回じゃないでしょうか。だから、先生が現役の間に、県会議員に出ておきたいのです」

「しかし、現職の脇坂《わきさか》さんは主田とは長いからね。主田が脇坂さんをおろしてまで、君を応援するとは思われない」

「脇坂さんも先生とはつきあいが長いかもしれませんが、うちの親父もそれに負けないぐらい、古くから先生を支持しています」

「親父さんから主田に強引に話をさせるつもりかね」

「そのつもりです。勝負はやってみなければ分かりませんが、脇坂さん相手なら勝算はあります」

大村は旺盛な食欲を見せながら、きっぱりと言った。

「君は、今、三十五歳だったな」

「はい」

「ということは、一回見送っても、まだ三十九歳。三十代だ。六年後でも四十一歳だ」

「……」

「今回は見送れよ。今、出たら、後援会にも風波が立ちすぎるし、主田も立場が苦しくなる」

「しかし、四年後に先生が保守党の実力者でいるかどうか――」

「四年後には、たぶん、主田に代わってオレが代議士になっている」

戸原は大村の言葉をさえぎった。

大村は寿司をつまんだまま、驚いたように戸原を見た。

「まだ、主田が代議士だったとしても、そのときには、オレは後継者として名乗りを上げる。オレは年寄りの脇坂県議とは組まないよ。全面的に君を応援する。物心両面で応援してやろう。一回見送って、オレと組め」

「……」

「県議選であっても選挙にはカネがかかる。オレの集金能力は知っているだろう?」

「それでも出る、と言ったら、応援してくれますか」

「そいつはできない。オレは、いまは主田の秘書だし、後継者として名乗りを上げているわけではない。君が立候補すれば、主田はおそらく長年の盟友脇坂を応援せざるを得ないだろう。主田が脇坂を頼む、と言えば、秘書のオレは脇坂に肩入れせざるを得ない」

「分かりました」

大村は肩を落とした。

「やむを得ません。次は見送って、その次に賭けます。そのときは、物心両面の応援をお願いします」

「まかせておいてくれ。そのときは、オレが君を男にしてやるよ」

戸原は大村の肩を叩いた。

大村が次を見送ると言ったので、戸原はホッとした。主田後援会の内部分裂が回避できたからではない。

戸原はひそかに大村もライバルのひとりだと見ていたのである。

大村がひと足先に県会議員に当選すれば、主田が引退したときに、若手県議の大村を後継者にかつぐ一派が出てこないとも限らない。そうすると、功なり名を遂《と》げた県会議長の森川要造《もりかわようぞう》は存在がかすんでしまって、大村がクローズアップされる可能性が強い。

そのときに、大村があっさり戸原に道を譲《ゆず》れば問題はないが、政治志向の強い大村は、チャンスとばかり戸原の前に立ちはだからないとも限らない。

そうなると、厄介《やっかい》なのだ。

だが、大村の次回の立候補見送りで、その芽はつみとることができた。それで戸原はホッとしたのだった。

腹が一杯になると、戸原は伝票にサインをして、席を立った。

6

次の週の月曜日の朝、戸原が議員会館に出ると、大村が緊張した顔で待っていた。

「戸原さんにお話ししたように、郷里の親父に次回の県議選の立候補は見送る、と電話をしたのです。そうしましたら、親父がきのう上京してきまして、先生の自宅へ、ぜひとも倅《せがれ》の立候補を認めてほしい、と直接に出掛けたのです」

大村は戸原を見ると、そう言った。

「幸か不幸か、先生はゴルフにお出掛けでご不在でしたので、親父は奥さんにお目にかかって、そのことを話しました」

「君も同席したのか」

「はい。親父が一緒に来い、と言いますので」

「奥さんは何と言ってた？　選挙区の事情にうとい人だから、私にはよく分かりませんから主人に申しつたえておきます、と逃げたのだろう」

「いいえ、それが大乗り気で……」

「大乗り気？　賛成したのか」

「はい」

「そんなバカな。奥さんには選挙区の事情は何ひとつ分かっちゃいないんだ」

「それが、膝を乗り出して、ぜひ、おやんなさい、わたしからも主人に、推薦しておきますから、とおっしゃいまして……」

「そうか……」

戸原は腕組みをした。

困ったことになったな、と思う。

「お父さんは？」

「昨日の夜行で帰りました。今朝、農協で会議があるとか申しまして……」

「ひょっとすると、もう一度上京してもらって、主田とサシで話し合ってもらうようになるかもしれないぞ」

「分かりました。親父が突っ走って、ご迷惑をかけてすみません」

大村は神妙な顔をして、頭をさげた。

電話が鳴った。

恭子が出る。

「あら、おはようございます……、はい、おります。しばらくお待ちください」

送話口をおさえ、戸原にうなずく。

「先生の奥様からです」

「寄越せ」

戸原は電話を引ったくった。

「戸原です」

「あなた、大村さんの県議選の立候補に反対したそうじゃない。ダメよ、そんな重大なことを主人に相談もせずに決めるなんて。あなたは秘書なのよ。物事を決定する権利はないわ」

初枝のキンキン声が受話器から耳に飛び込んできた。

「わたしは何も決定したわけじゃありませんよ。相談を受けたから、一回待って、その次にしたらどうか、と言ったのです」

「それが余計なことなのよ」

「そうでしょうか」

戸原は腹の中が煮えくり返るのを感じた。それをグッと押し殺す。

「今、主人とかわりますからね」

初枝は言いたいことだけ言うと、電話を主田にバトンタッチした。

「大体のことは大村に聞いたと思うが、この際、脇坂君を斬って、次の県議選には若い大村を推《お》そうと思うのだが……」

主田は元気のない声で言った。その声の様子では、初枝との間に激論が交わされ、主田が押し切られたものと思われる。

「それで先生がよろしいのであれば、わたしは構いませんよ」

戸原は突き放すように言った。

「選挙区の連中はそれで納得するだろうか」

「納得するわけはありませんよ。特に、脇坂県議は主田後援会の功労者ですし、あと一回で、県会副議長の声がかかろうか、というところまで来ているのですからね。そこまで応援してあげて、引退の花道を飾ってあげるべきだと思います」

「いや、実は僕もそう思っている。ところが家内のヤツが、どうしても若い大村でいくべきだ、と言い張ってね」

「分かりました。大村君もここにいますから、もう一度、こっちで話し合ってみます、それに、今回の件は、どうも大村君のお父さんがひとりで突っ走ったようですし」

「頼むよ、うまく話をまとめてくれ」

主田はそう言うと電話を切った。

「女房に押し切られるようじゃ、主田五一も先が見えてきたな」

戸原は電話を置くと、そうつぶやいた。

「主田は、この問題はオレに一任するそうだ。近いうちに、オレが選挙区に帰って、君の親父さんとハラを打ち割って話してみるよ」

戸原は不安そうな顔をしている大村を見て、そう言った。

7

恭子は戸原の渡した百万円で、それまでいたアパートを引き払い、中央線の中野《なかの》に建ったばかりのマンションの2DKに引越した。

家賃十一万円は、恭子の給料の大半が吹っ飛ぶ値段である。

戸原はそれを国際経済研究所の別室という形で借りた。当然、家賃は戸原持ちである。

そのマンションに引越すと、恭子は新しくダブルベッドを買った。

初枝から電話で、秘書は物事を決定する権利はないのよ、と嘲笑された日に、戸原は初めて、そのダブルベッドで恭子を抱いた。

激情の嵐が去ったダブルベッドで戸原の胸に甘えながら、恭子が言った。

「先生の奥さんは、早く大村さんを辞めさせたいのよ。だから、脇坂さんと競争させてまでも大村さんに県議選への立候補をすすめているのよ」

「大村を辞めさせたがっている？　大村が嫌いなのかね」

戸原は恭子の顔を覗《のぞ》き込んだ。

「そうじゃないわ。大村さんが辞めれば、第二秘書のポストが空《あ》くわ。そこに、次男の八郎さんを据《す》えようというのよ」

恭子は言った。

「なるほどね、狙いは、第二秘書のポストなのか」

戸原は、初枝があれほど熱心に大村に県議選への出馬をすすめた理由がようやく分かった。

「でも、なぜ、第二秘書が長男じゃなくて次男なのかね。いかに溺愛しているといっても、長男を飛び越えて次男というのはムリなのじゃないかな」

「七郎さんはダメよ。わたしが、私設秘書でいる限り、議員会館にはつとめさせないわ。七郎さんは、まだまだわたしに未練を持っているし、わたしとまたヨリを戻す可能性がある、と奥さんは見ているわ」

「君は、ヨリを戻すつもりはないのだろう」

「ないわ。今のわたしは、あなただけで手一杯よ」

恭子は戸原にキスをした。

「本当はね、先生の奥さんは、第一秘書に七郎さん、第二秘書に八郎さんと、全部身内で固めたいのよ」

「なるほど」

「でも、第一秘書のあなたはけっして辞めないだろうし、せめて、第二秘書をとりたい、というのね」

「それじゃ、ますます、大村を辞めさせるわけにはいかない」

「そうよ。あなたのためにも、大村さんは次の県議選には立候補させないことね」

「そうしよう」

戸原は小さなオッパイにキスをした。

「君のお陰で、主田の奥さんの考えがよく分かるようになったよ。君がいなければ、女だとあなどって、とっくに足元をすくわれていたかもしれない」

感謝のキスが、新しい回の始まりになった。

「あなたは必ず代議士になれるわ」

オッパイへのキスに敏感に反応しながら、恭子は叫んだ。

「英雄色を好む、というけど、政治家はみんな好色だわ。わたし、何人の政治家から、メシを食おうと、誘われたか分からないわ。うちの先生だって、人目がないときは、お尻をさわったり、胸をさわったりするのよ。それだけ精力的でなければ、政治家にはなれないみたい。あなたも、充分にタフだし、政治家になれる資格はあるわ」

恭子は回復をはじめた欲棒をつかんでそう言った。

その週の土曜日に、戸原は飛行機で選挙区に帰った。

大村の父親に会うためだった。

酒を酌《く》み交《か》わしながら、ひと晩じっくり大村大一郎と話し合う。

これはここだけの話だから、全部あなたの胸にしまっておいてほしい。

そう言って、次の次には、戸原は主田の後継者、もしくは代議士として、物心両面の応援をして大村安二郎を県議に当選させるつもりであることを話した。

主田の妻の初枝は、次男を溺愛し、何とかして夫の後継者にしたいと考えている。そのためには、早く次男を第二秘書にしたいので、大村安二郎を勝ち目の薄い県議選に出そうとしている、ということも話す。

「安二郎君とは、秘書として、同じ釜のメシを食った仲間です。彼が県議になりたい、と言えば、私はどんな犠牲を払っても、彼を県議にしますよ」

戸原はそう約束した。

「よく分かりました。安二郎には次の県議選の立候補は見合わさせます。その代わり、次の次の選挙では、必ず当選させてください。わたしも、戸原さんが主田先生の後継者として名乗りを上げられましたら、農協の手勢を引き連れて、応援にはせ参じます。ほかの、主田後援会の主《おも》だった連中にも、戸原後援会に加わるように呼びかけますよ」

大村の父の大村大二郎は、戸原の話を聞くと、そう言って、安二郎の立候補の見送りと、戸原の支持を約束してくれた。

戸原は胸を撫でおろした。

大村大二郎のようなボスは、味方につけるのと敵にまわすのとでは、大きな違いがある。戸原は大いなる野望に向かって、一歩前進した確かな手応えを感じた。

戸原が大村の県議出馬問題に結論を出して戻ってくると、また、次の難題が待ち構えていた。

空港から議員会館に戻ると、主田が部屋にいて、君の帰りを待っていたのだ、と言う。

「まあ、そこへすわれ」

主田は秘書室との境のドアを閉めると、戸原をソファにすわらせ、自分は肘掛椅子に腰をおろす。

「実は、ここも手狭になったし、この近くの永田町ロイヤルビルにもうひとつ、国際経済研究所の事務所を借りようと思うのだ。うまい具合に、空室が出た、というので、すぐに賃借の契約をしたいんだ」

主田は背もたれに体をもたせかけてそう言った。

「後援会の事務所を独立させるのですね」

「カネを扱う事務所は別のところのほうがいいと思ってね」

「それはそのほうがいいですよ」

「ところで、そっちの事務所の責任者だけど、七郎にやらせようと思うんだ。家内も七郎がいいのじゃないか、と言うし」

主田は戸原の顔色を窺《うかが》うように、チラリと見た。

──主田初枝のヤツめ。今度は政治資金を勝手に動かそうというのだな。

戸原はそう思った。

「先生はどうやら私が不要になられたようですね。不要だ、とおっしゃるのであれば、私は辞めさせていただきます」

戸原は桑原が辞めたときの主田の冷たい態度を思い出しながら、そう言った。

「おいおい、何を言うんだ。オレはただ、七郎にも生きた政治の勉強をさせたいと──」

「生きた政治の勉強なら、議員会館を手伝わせればいいじゃありませんか。後援会のカネを扱うのは生きた政治の勉強にはなりませんよ」

「君は七郎に国際経済研究所をやらせるのは反対だ、と言うのかね」

「反対です。そっちの事務所は私がやらせていただきます。議員会館は大村君と七郎さんにやってもらいます」

「それは、まずいよ。金崎君と七郎は一緒じゃまずいんだ」

「それじゃ、金崎君は私が国際経済研究所のほうへ引き取ります」

戸原はきっぱりと言った。

政治資金を扱う国際経済研究所は、いわば主田の政治活動の心臓部である。それを新参の七郎などへは渡せなかった。

「しかし、家内が何と言うか……」

主田は苦しそうに顔をしかめた。

3章　裏事務所

1

国会議事堂の正面に向かって左側に、道路ひとつへだてて、同じ外観のチョコレート色のビルが三つ、等間隔で並んでいる。

議事堂の側面を背にして、左から、衆議院第一議員会館、衆議院第二議員会館、参議院議員会館である。

衆議院第一議員会館の左手は、道路をへだてて首相官邸である。

議員会館で、最初に完成したのが第一議員会館である。このときには、当選回数の多い古手の議員から順番に、木造二階建ての旧議員会館からここに入った。

当時の若手議員は、当然のように、あとから完成した第二議員会館に入った。

今や、第一議員会館が完成したときに入った議員はめっきりみなくなった。老齢で引退したり、落選したり、死亡したりして代替わりしてしまったのだ。

主田《ぬしだ》は、その数少ない生き残りの中のひとりだった。

政界の主役も、当時、第二議員会館に入った、若手といわれていた議員にとってかわられてきた。

彼らは当選回数をふやし、若手からベテラン議員になってきたが、第二議員会館から第一議員会館に部屋替えすることはしなかった。

主田代議士が永田町ロイヤルビルに開設する国際経済研究所の責任者を長男の七郎にやらせたい、と言って、戸原に反対され、苦汁《くじゅう》を飲み込んだような顔で第一議員会館の事務所を出て行くと、五分ほどして、戸原もまた、事務所を飛び出した。

「押村《おしむら》先生のところへ行ってくる」

どちらへ、と尋ねる大村にそう言い残し、荷物運搬用のエレベーターで地下二階に降りる。

地下二階には、食堂や土産物などを売っている売店、理容室などがあるが、一階の玄関の真下のあたりから地下通路で国会議事堂や衆議院第二議員会館、参議院議員会館につながっている。

地下通路の出入口には衛士《えじ》が立っていて、議員バッジや秘書バッジ、通行証がないと通り抜けはできない。

戸原は地下通路を第二議員会館に向かった。押村の部屋は第二議員会館の六階にある。

押村健太郎《けんたろう》代議士は、当選四回。通産政務次官をつとめたあと、商工委員会の委員長をつとめた。

主田の所属する黒潮会の中堅であると同時に、主田派十四人の代議士のまとめ役もやっている。

主田派はもともと黒潮会だったわけではなく、主田が、親分だった倉林《くらばやし》が急逝《きゅうせい》した後、倉林と仲がよかった黒潮会の小早川《こばやかわ》に誘われて、倉林派を半分ほど連れて合流したのである。従って、押村もかつては倉林派だった。

主田が引退をしたあと、旧倉林派の主田派を継承していくのは押村だ、と戸原は睨《にら》んでいる。いずれにしろ、それは当選回数をもう一回ふやし、大臣に就任してからである。

押村は五十三歳だが、真っ黒いふさふさした頭髪の持ち主で、とても五十三歳には見えない。主田の金庫を預かっている戸原の力量を高く評価し、清《せい》ちゃん、清ちゃん、と呼んでこみ入った相談を持ちかけてくる。ときには、主田には事後承諾で、百万円とか二百万円とかを戸原から貰っていくこともある。

「オレだって、その気になればカネは集められるよ。でもね、主田先生と同じところから吸い上げたのでは、水脈が涸《か》れちゃうからね。だから、主田先生がご健在な間は、カネ集めはご遠慮申し上げてるんだよ」

戸原のところにカネを取りにくると、押村は決まってそう言った。

地下通路を通って第二議員会館に入ると、戸原は地下二階からエレベーターで六階に上がった。

押村の部屋から五人組の陳情団が出てくるところだった。陳情団はあとずさりするように、尻から廊下に出てくると、今度は隣りの部屋に入っていった。

一枚の面会証でいくつもの部屋をまわるのは禁止されている。三つなり、四つなり、議員の部屋をまわらなければならないときは、その都度、いったん退出して、玄関で改めて面会票に記入し、面会オーケーの許可を貰って次の部屋をたずねることが決められている。しかし、それを守っている者はいない。はじめに誰かの部屋でオーケーをとりつけると、次から次に、用事のある議員室をまわるのが通例である。

戸原は押村の部屋のドアをノックと同時にあけた。第一秘書の大神《おおがみ》と第二秘書の堀井律子《ほりいりつこ》が、驚いたように顔をあげ、戸原を見て、安心したような笑顔を見せた。

戸原は大神に親指を立ててみせた。

「オヤジならいますよ。どうぞ」

大神は椅子から立ち上がり、奥の議員室を手で示した。議員室と秘書室の境のドアは半開きになっていたが、押村の姿はドアの陰になっていて見えなかった。

大神はドアから中に首を突っ込んだ。

「先生、主田先生のとこの戸原さんです」

押村に言う。

「おお、清ちゃんか。どうぞ、どうぞ」

太い声がして、めっきり腹が出た押村が笑顔を見せた。

初当選した当時は引き締まった体をしていたが、腹だけではなく、全体に貫禄がついてきた。

戸原は議員室に入ると、ちょっとこみ入った話なのでね、と大神に断わって境のドアを閉めた。

2

「議員会館の事務所は大村君と先生の長男の七郎君にまかせて、君は裏事務所に専念する、と言うのか」

押村は戸原の話を聞くと、腕組みをして首をひねった。

「専念、というか、ウエイトを国際経済研究所のほうに置いて、実務は大村たちにまかせようと思うのです」

「将来は、出てくるのだろう?」

「そのつもりです」

「裏事務所にウエイトを置くと、選挙と疎遠にならないかなあ」

「疎遠になるかもしれませんが、ここは、いったん、死んだふりをしてみよう、と思います」

戸原は押村と話をするときには、駆け出しの小野川代議士に応対するような横柄な口のきき方はしない。下から出る。

「先生の奥さんは、地盤を長男に継がせようとして、かなりナーバスになっていますから、私が死んだふりをすれば安心するはずです」

「長男にねえ。でも、七郎君は政治家向きじゃないよ。線が細すぎる」

「奥さんの狙《ねら》いは、次男を政治家にすることですよ。長男はあくまでも当て馬にすぎません。長男が馬脚をあらわすのを待って、すぐに次男と差しかえるハラです」

「八郎君は七郎君よりもっとダメだよ。確かに線は七郎君ほど細くはないが、政治的センスは七郎君よりもない」

「目の中に入れても痛くないのだそうですよ、次男坊のほうは」

「代議士夫人ともあろう人が、公私混同をしてはダメだよ」

「そう思うのですがねえ。だれひとりとして奥さんに苦言を呈する人はいないのですよ」

「そうかあ。困ったもんだよなあ。でもね、オレは清ちゃんをかつぐからね。それは心得ておいてくれよ」

「ありがとうございます」

「今でも、仲間のつもりなんだから」

さすがに政治家だけあって、押村は人をそらさない。

「奥さんはどうしても長男を国際経済研究所の責任者にしたいようなのです」

「主田先生には、機会を見て、ボクからも話しておくよ。裏事務所の責任者は戸原君のほうがいいって」

「お願いします。先生は押村先生のおっしゃることは素直に聞きますから」

「いやいや、ボクなんか、二番目だよ」

「そんなことはありませんよ」

「いや、けっして謙遜してるわけじゃない。主田先生が無条件で言うことを聞くのは、お嬢さんの坂井春美《さかいはるみ》さんだよ」

押村は主田の長女の名前をあげた。

お嬢さん、と押村は言ったが、七郎、八郎の次に生まれた春美を主田が可愛がっているのは事実である。

春美は三十五歳。十年前に、都心で整形外科病院の院長をしている坂井と結婚し、一男一女をもうけた。

「最近、春美さんはご主人とうまくいっていないようでね」

押村は額《ひたい》に皺を刻んだ。

春美の夫の坂井は政治志向が強く、前回の総選挙で、東京から立候補して落選した。選挙戦の序盤は主田の強力なバックアップで、トップで当選の声も聞かれていた。

ところが、中盤になって、坂井が病院からさほど遠くないマンションに若い女性を囲っていることを対立候補から暴露され、一挙に青年や婦人層の支持を失い、蓋《ふた》をあけてみたらあえなく落選してしまったのだった。

デマであればともかく、女を囲っているのは事実だった。

「選挙に出るのなら、あれほど身辺は清潔にしろ、と言っておいたのに……」

主田は天を仰いで慨嘆し、春美は立腹して寝室を別にした。

以来、夫婦関係はギクシャクしている。

七郎や八郎は、情婦のひとりぐらい認めてやれよ、と春美に言い、これまた妹との間が険悪になった。

母親の初枝は、女のひとりぐらい、男の勲章よ、と婿《むこ》の肩を持ち、不潔よ、お母様、と春美に軽蔑されてしまった。

「箱入りのお嬢さんだから、妥協ということを知らなくてねえ……」

車の中でふたりきりになったとき、主田は春美のことをそう言ってボヤいたものだ。

「あのお嬢さんを取り込んでおけば、先に行って、必ず役に立つよ」

押村代議士は声を落としてそう言った。

「そうですねえ」

戸原はそう答えたが、積極的に春美に取り入るつもりは毛頭なかった。

境のドアをノックして、大神が顔を出した。

「戸原さん、お電話です。先生の机の上のヤツでお話しください」

そう言う。

「失礼します」

戸原は押村に断わって、腰を上げ、机の上の電話をとった。

「大村です。先生が戸原さんを探していますけど」

受話器から困ったような大村の声が聞こえた。

「五分で帰る」

戸原は電話を切った。

「主田が帰ってこい、と言いますので」

押村に頭をさげる。

「じゃあな。主田先生に、こう言ってほしいとか、こうしてほしい、ということがあったら、いつでも遠慮なく言ってくれ」

押村は腰を上げると、戸原の肩を軽く叩いた。

3

衆議院第二議員会館の地下三階の荷物搬入搬出口は、坂下の地上にある。議員会館が急坂の斜面に建てられているためである。

その出入口を利用できるのは、議員バッジや秘書バッジ、通行証を持っている者に限られる。議員に面会に来た客は正面玄関にまわって、面会票に記入しなければならないから、建物の裏側の坂下に、そんな出入口があることは知らない人のほうが多い。

その出入口を出て、徒歩二分のところに永田町ロイヤルビルはあった。

八階建ての何の変哲もないビルだが、ここに事務所を構えている代議士は結構多い。国会開会中でも、永田町ロイヤルビルから衆議院第一議員会館のこの裏口を使って、地下三階から地下二階に上がり、地下通路を通れば、院内といわれる国会議事堂の中まで、ものの五分とかからない。

そういった地の利《り》のよさもあって、主田はここに国際経済研究所の事務所を構えたのだ。

永田町ロイヤルビルに入っている代議士の事務所で、ストレートに個人の名前を出しているところは非常に少ない。

あれだけ自分の名前を出し、目立ちたがる政治家が、このビルでは、ひらすら名前を隠し、後援会の何とか会とか、何とか経済研究所の名前しか出していないのだ。

だから、一階の案内板で事務所の名前を見ただけでは、どの事務所が誰の事務所なのか、事情にうとい者には分からない。

押村が、ここに出す主田の後援会事務所を「裏事務所」と言ったのもそのためである。どの政治家も、政治資金を集めるための政治団体や後援会の名前しか掲《かか》げていないから、このビルを訪れる者は、かなりその方面のことに詳しい者ばかりである。

永田町ロイヤルビルに『国際経済研究所』の事務所を開くと、戸原は金崎恭子と議員会館からこっちへ移った。

事務所は、入ったところが十五畳ほどの部屋で、奥に十畳ぐらいの応接室兼議員用の部屋がある。もちろん、どちらも洋室である。

十五畳ほどの部屋に事務机を四つ入れ、壁際に書棚ケース、金庫、冷蔵庫、水屋などを配置すると、どうにか事務所らしくなった。

奥の部屋には議員用の執務机とデラックスな応接セットを入れる。

事務所のドアには、部屋の番号が入っているだけで、『国際経済研究所』の名前は入れていない。政治家の事務所が入っている部屋は、どこも、ドアに名前は掲げていない。

カネを扱う事務所であると同時に、来客を迎える事務所であるから、戸締まりを厳重にするわけにもいかない。しかも、一応の用心はする必要がある。

そういった相反するふたつの条件を充たすために、どの事務所も、敢《あ》えてドアに名前は掲げていないのだ。

強盗に押し入ろうとしても、ドアに名前を掲げていなければ、引越してしまったのではないか、と不安になって引き返すかもしれないからだ。

もちろん事務所開き、などといった賑《にぎ》やかなことも行なわなかった。

戸原が主たる職場を永田町ロイヤルビルの国際経済研究所に移した、と挨拶状を書いて、主だったところに送付した程度である。

もちろん、挨拶状には、今までどおり、主田五一の第一秘書を続けることも書き加えた。

裏事務所の責任者になったからといって、襟の第一秘書のバッジをはずしたわけではない。はずすつもりは毛頭なかった。

そのことで、主田の妻の初枝は不満そうだったが、長男の七郎が私設秘書として第一議員会館の事務所を手伝うことになったために、文句は言わなかった。

主田が裏事務所を構えるのは、いささか遅すぎた。

「十年早く開くべきだったよ」

顔を出した主田の息のかかった代議士は異口同音にそう言った。

「これでわれわれも落ち着ける場所ができたよ」

そういう政治家もいた。

議員会館の事務所ではない、という気安さもあって、主田の子分の代議士たちは、顔を出すと、ビールを飲み、つまみを食い散らして帰っていった。

「本当に、みんなお行儀が悪いんだから」

応接室を代議士たちが汚して帰っていくたびに、恭子がボヤいた。

戸原は主田に断わって、事務員を男女ひとりずつふやすことにした。

「ふたりだけで充分だろう。そんなに人間は要《い》らないんじゃないか」

主田は人件費がかかると言って、はじめは難色を示した。

「ふたりじゃダメですよ。来客があって、わたしが応対するでしょう。金崎君がお茶を出しているときに、二本の電話が同時に鳴り出しますと、結局、お客さんの扱いが粗末になります。それに、わたしが企業にカネをつなぎに行ってしまうと、事務所は金崎君ひとりだけになりますからね。不用心で仕方がありませんよ。用心棒代わりになる男の事務員とお茶汲みと電話番要員の女の子のふたりは、最低でも必要です」

戸原はそう言って、主田を押し切った。

採用した男の事務員は、黒潮会の経理を手伝っていた白川《しらかわ》で、女子事務員は党本部を追い出されかかっていた細川千枝子《ほそかわちえこ》だった。

事務員がふたりふえると、事務所は急に賑やかになった。

戸原は、毎日一回は、議員会館の裏門を通って、主田の部屋に顔を出した。いろんな打ち合わせや、必要事項の指示を与えるために、どうしても顔を出す必要があった。

電話だけでは片づかない用事は意外に多い。

名刺に紹介状を書いたり、陳情団の陳情を主田に代わって受けたりするのは電話だけではすまない。陳情団などは、なるべく裏事務所には入れたくなかった。そういった連中を入れていると、わざわざ裏事務所をつくった理由が分からなくなる。

議員会館には、主田に呼びつけられて出かけることも多かった。

ことあるごとに、主田は戸原を呼びつけて、相談をする。

主田は、大村にも七郎にも、秘書の能力を認めていなかったし、口の堅《かた》さも信用していないようだった。

議員会館の事務所にも、女秘書を新しく採用した。

松本園子《まつもとそのこ》という短大出の女の子で、就職を頼みにきたのを、企業に紹介する代わりに事務所で使うことにしたのだ。

私設秘書の健康保険は国民健康保険だし、厚生年金ではなく、国民年金である。その支払いは、すべて、個人で行なわなければならない。

それでもいいか、と採用前に戸原は念を押したが、松本園子は、どうせ結婚するまでの腰掛けですからそれで結構です、とハッキリ答えた。

4

どの政治団体の献金もそうだが、国際経済研究所が受けとる政治献金も、一時払いと会費のふたつに分かれている。

会費は月額一万円から十万円まであって、在京後援会の国際経済研究所の会員である、企業の責任者などが払い込んでくれる。

個人がひとつの政治団体に政治献金ができる年間の限度額は百五十万円まで、と決められている。

そのために、永田町ロイヤルビルに裏事務所を出した三カ月後に、戸原は隣りの部屋をあけてもらって、ここに、別の後援会の『東京政経懇話会』の事務所を出した。

しかし、こっちの事務所はスペースが半分ほどしかなかったので、全体を三つに区切り、それぞれの部屋に応接セットを置いて、応接室として使用することにした。

これで、それまでは年間百五十万円までしか個人で献金できなかった人が、ふたつの団体に百五十万円ずつ、三百万円までの献金が可能になった。

ひとりの政治家が後援会をいくつも持っているのは、そういうメリットもあるのだ。

ただ、複数の後援会が同じ事務所の中にあると、監督官庁の自治省にひとつとしてみなされる恐れがある。同じビルの中でも部屋が違えば、それぞれに独立した団体だ、と主張できる。

主田はそうやって集めた政治献金で、東京と地元の私設秘書の給料を賄《まかな》い、事務所の家賃や通信費などの経費を出し、慶弔《けいちょう》費などの交際費に充て、子分の盆暮のこづかいや臨時のこづかいに使っている。

カネはいくらあっても余ることはない、というのが正直なところだった。

大村は戸原が往復する以上に、議員会館と永田町ロイヤルビルを往復した。

電話ではできない話や七郎に聞かれたくない話は、大村が永田町ロイヤルビルにやってきて、奥の応接室で戸原に話した。

東京政経懇話会の事務所を出して、一カ月ほど経った日の午後、大村は息せき切ってやってきた。

戸原に目配せして、奥の応接室に入る。

「どうした？　何かあったのか」

戸原は応接室で大村と向かいあって腰をおろすと、高々と足を組んだ。

「七郎さんのことですけど……」

大村は大きく体を乗り出して、声を落とした。

「彼が何かやらかしたのか」

「ええ……」

丁度、お茶を持って入ってきた恭子を見て大村は言い淀《よど》んだ。

「構わないから言えよ」

戸原はうながす。

「松本園子とデキちゃったのですよ」

大村は吐き捨てるように言った。

「まあ……」

恭子は大村の前にお茶を置きかけて、息を飲んだ。その手がかすかに震え、湯呑み茶碗が茶托の上で小さな音をたてた。

「女癖の悪い男だな、まったく」

戸原は舌打ちした。

「どうして、分かったの？」

恭子は戸原の隣りに腰をおろした。

「松本園子の態度で分かりますよ。急に、七郎さんにベタベタするようになったのです。それに、私が仕事を言いつけても、返事をしなかったり、プーッとふくれたりするようになりましたから」

大村の声は大きくなった。感情を抑《おさ》えきれなくなったのだろう。

「松本園子をクビにしていただけませんか。やりにくくて仕方がありません」

「クビにしても、七郎は、また、次の女に手を出すだろうな」

「先生に言いましょうか」

「言えば、これ幸いと、八郎と入れ替えるだけだ」

「どうしましょう?」

「すまんが、今のままで辛抱して待ってくれないか」

「そりゃあ、待て、とおっしゃれば待ちますけど……」

大村はそう言ったが、不服そうな表情は隠そうとしなかった。

戸原は大村の報告を受けた瞬間、しめた、と思った。

七郎が二度にわたって引き起こした女のスキャンダルは、八郎の追い落としに活用できる、と直感で思ったのだ。切り札《ふだ》になる、と思う。

貴重な切り札は安易に使うべきではない。

「七郎と松本園子がデキたとしても、証拠がない。まず、その証拠をつかむことだ。反論できない証拠を突きつけるまで、軽はずみなことをしてはいけない。そうしないと、君は主田一家を敵にまわすことになる。そんなことになれば、次の次の県議選で君は主田の応援を期待できなくなる」

戸原はそう言った。

「なるほど、よく分かりました。待ちましょう」

大村は恭子のいれたお茶を、ひと口すすって出て行った。

「いやねえ、七郎さん、あんな小娘に手を出すなんて」

恭子は椅子の肘掛けにのせていた戸原の手に自分の手を重ねて溜息をついた。

「まるで、女なら誰でもいいみたい」

「七郎は、女であれば誰でもいいのさ」

「そんな男にオモチャにされたのだと思うと、腹が立つわ」

恭子は唇を噛んだ。

「議員会館とこっちの事務所の合同懇親会をやろう。君はその席で松本園子に接近するんだ。そして、好きな男の人ができたら、子供を産めば勝ちだ、と吹き込んでくれ。そうすれば、松本園子は妊娠する。妊娠という厳粛な事実を突きつければ、七郎も逃れられないだろう。それで、八郎を主田の後継者に、と狙っている奥さんの出鼻をくじくことができるはずだ」

戸原は恭子の手を握って、耳元で囁《ささや》いた。

「いいわ」

恭子はゆっくりとうなずいた。

5

議員会館の事務所と国際経済研究所の合同懇親会は二週間後の土曜日の午後五時から、赤坂の山王《さんのう》飯店で開くことが決まった。

戸原はそのことを議員会館の部屋で主田に伝え、顔を出してくれるように、と言った。

「よし、顔を出そう」

主田は機嫌よく、ふたつ返事でそう言った。

「ところで、戸原君」

腰を上げかけた戸原を引きとめる。

「東京政経懇話会のほうだが、初枝が、責任者が国際経済研究所と同じではないほうがいいんじゃないか、と言うんだ」

「と言いますと?」

戸原は空とぼけて聞き返した。

現在は、どちらも戸原が責任者になっている。複数の政治団体の責任者を兼任している第一秘書はけっして珍しくはない。

それに、東京政経懇話会のほうは、名前だけで実体のない幽霊団体である。わざわざ、別に責任者をつくらなければならないものではない。

「八郎を責任者にしたらどうだろう、と言うんだ。ボクはその必要はない、と言ったのだが、初枝は言い出したら引っ込まなくてね」

「それじゃ、八郎さんを東京政経懇話会の責任者になさったらいいじゃありませんか」

戸原はあっさりと言った。

「いいのかね、君は」

「構いませんよ、どうせ、名前だけのポストですし」

「そうかい」

主田は嬉しそうな顔をした。

「早速、三つある部屋のひとつに机を入れさせましょう」

「事務所なら、君たちの部屋を一緒に使わせてもらったらいい」

「そうですか。それじゃ、われわれの部屋に机をふやし、専用の電話を一本引くことにしましょう」

戸原は国際経済研究所の中に八郎の机を入れることにも反対はしなかった。

いざとなれば、七郎の女癖の悪さを持ち出して、主田初枝の描いている青写真は叩き潰せる、という自信があった。だから、大幅に譲歩したのである。

八郎はその翌日から、永田町ロイヤルビルに出勤するようになった。

「大丈夫ですか。何も次男にまで力をつけさせることはないと思いますけどね」

合同懇親会が近づき、最後の打ち合わせで落ち合ったとき、大村は心配そうにそう言った。

「先生の奥さんは、お宅に訪ねてくる人に、これで主人の後継者は八郎に決まりました、というようなことを言っているそうですよ」

「言わせておけ」

「いいのですか」

「オレは、今、死んだふりをしているんだ。反撃するときは反撃する。その時が来るまで、奥さんは刺激しないことにするよ」

戸原はニヤリと笑ってみせた。

合同懇親会には七郎も八郎も出席した。

「事務所も三つになると、秘書も多くなるものだな」

主田は集まった秘書たちを満足そうに見まわした。

恭子は松本園子と隣り合わせになって、しきりに何事か話し込んでいた。

七郎は昔の女と今の女が仲良く話し込んでいるのを見て、落ち着かないらしく、ソワソワしていた。

全員がひとつのテーブルにすわれないので円形のテーブルふたつに分かれてすわったが、主田は七郎を自分のそばに引きつけたまま、恭子のそばへ行かせようとしなかった。

二次会はホテルニューオータニの新館にあるバーに場所を移した。

主田は七郎と八郎を連れて、一次会だけで帰っていった。

「園子さん、どうやら、妊娠する決心をしたみたいよ」

二次会で戸原のそばの席にくると、恭子はほかの者には分からないように、小声で囁いた。

チラリと園子を見ると、固い表情で水割りのグラスをなめている。

「ご苦労さん。先に帰ってもいいよ。あとで君の部屋へ行くから」

戸原はそう言った。

「それじゃ、園子さんを連れて帰るわね」

「君の部屋にか？」

「違うわよ。コーヒーを飲んでから別れるわ」

恭子はそう言うと席を立ち、園子を誘って帰っていった。

女では、細川千枝子だけが残った。

戸原と大村、白川、細川の四人で、またたく間にスコッチが一本、カラになった。

4章　パーティ券

1

代議士の任期が二年を過ぎると、衆議院の解散総選挙がマスコミの関心を集めはじめた。

代議士の任期は四年だが、任期満了による総選挙は、戦後、一回しかない。その他は、任期満了を待たずに、解散し、総選挙が行なわれている。

解散風が吹きはじめると、都内のホテルでは、毎日のように政治家を励《はげ》ます会が開かれるようになった。

当選回数が浅く、企業とのつながりもあまりない陣笠議員は、パーティを開いて資金づくりをするのが、唯一の政治資金集めである。

最近では、ベテラン代議士までも、出版記念会とか永年勤続表彰を祝う会といった、名前をかえた励ます会を開いて、資金集めをやりはじめた。

主田のところにも、そういった資金集めの招待状が連日のように舞い込んできた。

ときには、ひと晩にふたつ、パーティに出席しなければならないこともある。

主田はできる限り、パーティに顔を出した。

その度《たび》に、お祝いを包んでいく。そのお祝いを用意するのは戸原だった。

戸原は、主田派の議員の場合は五十万円、主田派以外の黒潮会の議員には十万円、それ以外の議員は五万円を包んで主田に渡した。

そういった臨時のつきあいがかさむと、定期的にふたつの政治団体に入ってくる会費を中心とした政治献金だけでは台所が苦しくなった。

「来たるべき解散総選挙にそなえて、ウチも励ます会をやりましょう」

戸原は主田に進言した。

「やったほうがいいかね」

「このままでは、ジリ貧《ひん》です」

「そうか。それじゃ、まかせるよ」

主田は戸原にゲタを預けた。

これまでにも、戸原は主田のパーティを三回ほど手がけたことがある。

最初の励ます会は、会費二万円で三千人。ホテルへの払いを引いて、約三千万円が主田の手元に残った。

二回目は、新聞記者をゴーストライターにした出版記念会で、会費三万円で三千人。このときは五千万円ほどが残った。

三回目は永年勤続表彰記念パーティで、会費三万円で五千人。一億円が手元に残った。

「今度で励ます会も終わりですから、一万人と語る会、というのをやりましょう」

プランを練ると、戸原は主田に説明した。

パーティ券は全部で一万枚。これを三万円で売る。売り上げ額は三億円。ホテルへの支払いは五千万円。純益金は二億五千万円になる。

ただ、これを、全部、主田が売るのではなく、主田派の議員にパーティ券を五百枚から三百枚ずつ配布する。しかも、パーティ券代は徴収しない。つまり、割り当てを売った分はそっくり子分の議員の懐に入る方法をとる。

例えば、五百枚の割り当てを受けて、全部さばいた議員は千五百万円が懐《ふところ》に入るのである。

そうやって、選挙資金の面倒を見ようというのだ。

そうやっておけば、解散と同時に手渡すカネは、百万円程度でいい。

十四人の主田派議員のうち、五百枚割り当てが七人で三千五百枚、三百枚割り当てが七人で二千百枚、合計五千六百枚が子分の議員の分である。

主田の分は残りの四千四百枚。一億三千二百万円である。

ホテルへの払いの五千万円を差し引けば、純益は八千万円強。解散時に子分のところへ出ていく分を三千万円と見て、五千万円は自分の選挙に使える。

いざ、選挙となると、臨時にかき集める選挙資金もあるから、当座五千万円あれば、選挙に備えられる……。

「パーティ券を子分に売らせ、それを連中の資金にする、というのは面白いな」

主田は戸原の案に賛成した。

戸原は、直《ただ》ちに都内のホテルを当たり、最も有利な条件を出して来た、赤坂のニュースターホテルを会場に決めた。

会場が決まると、発起人を決め、了承を取りつける。

それから案内状とパーティ券を業者を呼んで発注した。

「一万一千枚ずつだ」

業者に念を押す。

「承知しました。一万一千枚ずつですね」

業者は納期を確かめて帰っていった。

戸原は、主田が引退すれば跡目を襲って衆議院に打って出るつもりにしている。

しかし、まるっきり選挙資金がない状態では、選挙は戦えない。

供託金とポスターの印刷代と選挙カーの借上料、運転手の報酬、拡声器一式の購入代、それに賄《まかな》い代ぐらいは、最低でも用意をしておかなければならない。

戸原は、主田の『一万人と語る会』に便乗して、自分の選挙資金をつくろう、と思ったのだ。

パーティ券を一万枚ではなく、一万一千枚注文したのもそのためだった。

一千枚は自分で売りさばいて、自分の選挙のためにとっておくことにしたのである。一千枚を売りさばけば、三千万円の軍資金がつくれる。

衆議院に立候補するには、三千万円ぽっちではとても足りないが、それでも、ゼロよりはましである。

それに、その三千万円が、額に汗して貯《たくわ》えたカネであれば、とても気前よくは使えないだろうが、パーティ券を水増ししてつくったカネなら、惜しげもなく使い果たせる。

戸原はパーティ券を一千枚水増しして自分の軍資金をつくることは、主田には報告しなかった。

報告すれば、主田は、いけない、とは言わないが、気分を害してしまうだろう。

主田派の自分の子分にパーティ券を割り当てることには賛成したのだから、オレが勝手に割り当てを受けても構わないはずだ。

戸原はそう思った。

2

パーティ券が出来上がると、戸原は主田派の議員をひとりずつ裏事務所に呼んで、あらかじめ割り当てておいた数量を手渡した。

「売った分は、全部、ご自由にお使いいただいて結構です。しかし、売れなかったから引き取ってくれ、とおっしゃられても、それはできかねます。主田にすれば、これは、選挙資金の前渡しのつもりですから、そのつもりでお受け取りください」

そう言って手渡す。

「パーティ券なんかより、現金でいただきたいねえ」

露骨にそう言う議員もいたが、売ればすべて自分のもの、と聞いて、大半の議員は喜んでパーティ券を受け取った。

「あと五百枚、追加をくれないかね」

なかには、図々しく、そう言う議員もいた。

割り当て分を議員に配ると、戸原は主田の分を大村や、恭子、七郎、八郎を動員して、国際経済研究所の会員を中心に売りさばかせた。

自分の分は、自分で売りさばく。

ほかの秘書には、誰が何枚売りさばいたか分からないから、戸原が千枚上乗せして売ったことなどは分からなかった。

一万一千枚のパーティ券は、それでも、何とかさばくことができた。主田派の議員に割り当てた分が五千六百枚あったので、実際に売ったのは五千四百枚である。過去に五千枚ならパーティ券を売った実績があるし、それほど苦労することなく、券はさばけた。

それに対して、用意したホテルの大宴会場の収容人員は五千人。料理は三千人分で、飲物は六千人分だった。

券を買ったものの、会場に来るのは半数以下、と戸原は見ていた。

3

『一万人と語る会』を十日後に控えた土曜日の午後、戸原は主田初枝から、パーティのことで相談がある、と言って呼びつけられた。

「パーティ券の集計などで一番忙しいときに呼びつけなくてもいいのに」

戸原はボヤきながら、車を運転して駆けつけた。

「パーティには、私も、また、出なくちゃならないのでしょ」

主田初枝は正門脇の通用口をあけると、いきなり、そう言った。

これまでの三回のパーティでは、いずれも主田の横に並んで壇上に立ち、来賓の挨拶を受けている。

「当然、出ていただくことになります」

戸原はそう言った。

相変わらず、ご苦労さま、という普段の労をねぎらう言葉は、口にしようともしない。

「そんならそうと、早く連絡をしてくれなきゃ、ダメじゃないの」

応接室で向かい合うと、初枝はキンキンと耳につく声を出した。

「当然、先生や七郎君なり八郎君から聞いておられると思いましたので……」

「聞いてるわよ。でも、秘書のあなたが正式に案内をするべきよ」

「七郎君にしろ、八郎君にしろ、現在は秘書ですからね。何も私が改めてご案内することはないでしょう」

「そりゃあ、七郎や八郎も形の上では秘書だわよ。バッジのない秘書よ」

皮肉な表情で戸原を見る。

「でも、秘書である前に、あの子たちは先生の長男と次男ですからね。やはり、あなたが正式に案内をしなきゃダメよ」

初枝は理屈にならない理屈を言った。

主田が、言い出したら引っ込まない、と言ったはずだ、と戸原は思った。

「お母さん、もう、いいじゃないの」

お茶を運んできた春美が、苦笑しながら初枝をたしなめた。

「こちらへお帰りになってたのですか」

戸原は春美に挨拶をして、そう言った。

久し振りに眺める春美は、やつれて、ほっそりとしていた。初枝に似て美人である上に、育ちのよさが滲《にじ》み出ている。

「一週間ほど骨休めに帰っていますの。いろいろ苦労をしてますから。あるいは、兄たちの口から、わたしのこと、お耳に入っているのではございません？」

小首をかしげて戸原を見る。

「いいえ、何も」

戸原は首を振った。

「父の面倒を見るばかりじゃなく、たまには私の相談に乗っていただけません？」

「私でよろしかったら」

「嬉しいわ。今度、お電話をしますわね。永田町のロイヤルビルのほうの事務所でしたわね」

「そうです」

「それじゃ、ごゆっくり」

春美はしとやかに頭をさげて応接室を出て行った。

春美が戸原と初枝の間に割って入った形になって、初枝は案内のことは言わなくなった。

「ご用件というのは、正式のご案内のことですか」

戸原はうながした。

「そうじゃないの」

初枝は真っ直ぐに戸原を見た。

「いつもだと、先生と一緒に舞台に立つのはわたしだけでしょう」

「こういったパーティでは、ご夫婦で壇上に立って来賓の祝辞を受けるのが通例ですから」

「今回は、わたしたちのほかに、七郎夫婦と八郎夫婦も壇上に立たせたらどうかしら」

初枝は正面から斬り込んできた。

「どうしてそんなことをする必要があるのですか。ご夫婦だけで充分だと思いますけど」

戸原はさらりとかわした。

「いずれ、先生は引退なさるはずだし、うちにもこんな伜《せがれ》たちがいますよ、と世間に宣伝しておきたいのよ」

「先生は、まだ、引退の声明を発表されたわけではないし、そんなことをすると、すわ引退、の噂が駆けめぐり、本当に引退が早まってしまいますよ。それでもいいのですか」

引退が早まる、と言われて、初枝は口をつぐんだ。

主田の引退を早めるのは初枝の本意《ほい》ではない。ただ、早く後継者を血のつながった息子に決めておきたいのだ。

「いいわ。先生と相談してみる。そして、先生がいいとおっしゃったら、七郎と八郎を壇の上に立たせることにするわ」

初枝はしばらく、唇を噛んでうなだれていたが、顔を上げると、きっぱりと言った。

「先生がそうなさりたい、とおっしゃるのであれば、私は反対いたしません」

戸原は初枝とムキになって言い合いをする気はなくしていた。

感情が先行し、その感情に合わせて理屈を組み立てる相手には、何を言っても仕方がない。

「七郎にも八郎にも、新しい背広を仕立てさせたし、連れ合いにはそれぞれ和服を作るように言ってあるのよ。今さら、壇上には立たせない、と言われても、わたし、困るわ」

最後に初枝はつぶやくように言った。

4

「すると、パーティ券の売り上げで、背広を新調し、女房の和服を仕立てた、というのですか」

戸原は手に持っていたボールペンをテーブルの集計用紙の上に放り出して、八郎を睨みつけた。

「お袋にパーティ用に作っておけ、と言われたんだよ。どうせ、親父の懐に入って、それがこっちへ流れてくるのだから、使っちゃったところで同じことだろう。子分の代議士たちはパーティ券を二万円にダンピングして売りさばいて、その金を懐に入れてるそうじゃないか」

八郎はソファに浅く腰をおろして、高々と足を組んでいる。そのために、上体はほとんど寝そべった感じである。いつまでたってもパーティ券の代金を入金しようとしないので、戸原が催促したら、そういう返事が返ってきたのだ。

甘ったれるんじゃない、と戸原は八郎を怒鳴りつけたくなった。

「公私混同は困りますね。いったん、パーティ券の売り上げはちゃんと入れていただいて、背広や和服の仕立て代は先生から貰っていただかなくちゃ」

戸原は自分を押し殺してそう言った。

「親父には、オレのほうから報告しておくよ」

「そうすると、この間、八郎さんに預けたパーティ券は、全額、背広代と着物代になったというのですね」

「二十万円ほど残ってたかなあ」

「背広と和服の領主書と残金を、一応、こっちへ引き渡していただきましょうか」

「政治の世界に領収書は不要だ、と親父に聞いていたからね、領収書は破って捨ててしまったよ。残金のほうは、飲んじまった」

八郎はケロリとして言った。

「まあ、いいでしょう」

戸原は八郎の行為をあまり厳しく追及しないことにした。あまりこまかいことを言って、パーティ券を一千枚余分に売ったことがバレても困る。

「パーティ券の売り上げ金は勝手に使っちゃいけないのだな」

「いったん、こっちへ入れていただかないと……」

「分かった。今度から、そうするよ」

八郎は悪びれずにそう言った。

「お願いしますよ」

戸原はそう言ったが、主田のパーティは二度と開くことはないだろう、と思った。

八郎が出て行って、十分ほど経ったとき、主田から、すぐ、議員会館に来てくれ、という電話があった。

「まったく人使いが荒い夫婦なんだから、いやになる」

戸原は電話を切ると、背広を引っかけて永田町ロイヤルビルを出た。

裏口から第一議員会館に入り、主田の部屋に直行する。

主田は議員室に七郎と一緒に待っていた。

「たった今、八郎から聞いたのだが、パーティ券の売り上げ金を、背広代と着物代に使ってしまったらしいな」

主田は戸原の顔を見ると苦笑した。

「これは立派な横領罪だ。公私のけじめのつけ方を教えておかなかったオレの責任だ。このとおり、あやまるから、今回は不問に付してくれ」

主田は戸原に頭をさげた。

「どうせ、先生の自由になるカネですから、私は構いませんよ」

「ついでに、七郎のこともあやまる」

主田はもう一度、頭をさげた。

「えっ？」

「七郎も八郎と同じことをしてしまったそうだ。つまり、ふたりは話し合って、流用することにしたらしい」

「そうでしたか」

「いや、申し訳ない。申し訳ないで済まされる問題ではないが、このことが外に洩《も》れてはわが家の恥だ。どうか、口外はしないでほしい」

主田は顔に吹き出した汗を手のひらで拭《ぬぐ》った。

「どうやら、公私のけじめがつかない八郎を東京政経懇話会の責任者にしたのは間違いだった。八郎を問い詰めたところ、東京政経懇話会の金をかなり勝手に使い込んでいるらしい。やはり、責任者は君にやってもらうことにする。八郎は責任者からはずして、ただの事務員にするから、公私のけじめと政治資金の集め方をみっちり教えてやってくれ」

主田は何度も顔の汗を拭いながらそう言った。

「それから、パーティの壇上に息子たち夫婦を上げる件だが、今回はやめさせたよ。パーティ券を流用して作った背広や着物で壇上に並ばれたのでは、横領を奨励《しょうれい》するようなものだからね」

「そうですか」

「家内は息子たちを壇上に上げないのなら、私は出席しません、と言ってたが、家内が出席しないと言うのなら、春美にエスコートを頼むつもりだ」

「なるほど。それはいいお考えだと思いますよ」

戸原は白い歯を見せた。

「七郎さんご夫婦と八郎さんご夫婦を壇上に並ばせたい、という奥さんのお考えも分かりますが、結果が先生のご引退を早める方向に働くのが面白くありません」

「そうなんだ。女には大局が見えないからねえ」

主田は我が意を得た、というように大きくうなずいた。

5

主田五一代議士の『一万人と語る会』は、準備期間三カ月の短期間で、収容人員五千人のホテルの大宴会場を、参加者でぎっしり埋めつくして開かれた。

あれほど、息子たちが壇上に並ばなければ出席しない、と駄々をこねていた初枝も、和服で盛装し、主田と並んで壇上に立った。

受付は、議員会館と裏事務所の秘書を総動員した上に、七郎と八郎の女房も駆り出し、主田の取引銀行からOL二十人の応援を頼んだ。

参加者の会費は、ほとんど事前に集金したり、銀行振込みにしてもらっているが、それでも、当日、現金を持ってくる者もかなりいて、小さなダンボール箱に祝儀袋や現金が一杯になると、男の銀行員がガムテープで封印しては、地下の駐車場に待機している銀行の車に運び込む。

特に、議員仲間の祝儀や、各企業のトップクラスが会費とは別に持ってくる祝儀は、いずれも現金である。

陣笠クラスの祝儀袋の中身は、会費と同じ三万円ほどだった。

大臣経験者で五万円、派閥の領袖《りょうしゅう》クラスで十万円、というのが、この夜の相場だった。

それでも、会費とは別に、この夜集まった祝儀だけで一千万円を突破した。

普通、祝儀には領収書は出さないものだが、政治家を励ます会などの政治家のパーティでは、領収書を発行する。

祝儀袋の裏面に書かれた金額を素早く確かめて、あらかじめ用意しておいた、その金額に相当する領収書を間髪を入れず差し出すのだ。

会場の正面にはステージがあり、ステージの上手に、主田は初枝と並んで立っていた。来賓が中央のマイクで挨拶をするたびに、握手をして頭をさげる。ステージの下手《しも》、舞台下は、ロープで区切られて折畳椅子を並べた一角がある。

応援に駆けつけた、衆参両議院議員のための席である。

現職の大臣や党三役などの要職にあるＶＩＰがこの席にいるときには、ロープの前にＳＰが立つ。

フロアの中央には料理を並べたテーブルがふたつ用意してあり、会場の周囲の壁際には、寿司、焼鳥、おでん、そば、天ぷらなどの模擬店が並んでいる。

しかし、身動きできないほど詰め込まれた参加者が、全部の料理を味わうのは不可能だった。二杯目の水割りにありつき、どれでもいいから料理が口に入れば、その幸運を喜ぶべきである。

それほど、多くの人間が詰めかけていた。

乾杯前から中央のテーブルと周囲の模擬店は人の波にとり囲まれ、来賓の挨拶を聞きながら、乾杯を待っている。

乾杯がすむと、参会者は押しあいへしあいしながら料理に殺到した。

会費の三万円のごく一部でも元をとろうというのである。

あきらめて、乾杯がすむと、会場の横手に設けられた出口に向かう者も少なくなかった。

出口には、主田の選挙区の名物の蒲鉾《かまぼこ》を千円分ほど入れた紙袋が用意してある。

戸原はその出口近くに立って顔見知りの後援会の会員を見つけては頭をさげ、混雑を詫《わ》びた。

「さすがは主田先生だ。凄く集めたものだねえ」

料理も飲物もあきらめて、早々と出口にやってきた後援会員の中には、皮肉をこめて、そう言う者もいた。

早く帰る者があれば遅れてくる者もいたりで、大混雑はしばらく続いた。

戸原は、会場に来るのは五千人、と踏んでいたが、延べにして六千人は超えていた。

一千枚、余分に売りさばいただけ、つめかけてきた人も多かった。

料理は乾杯後三十分であらかたなくなった。

料理を並べたテーブルの内側で給仕をしていたウエイターたちも、殺気立って押し寄せてくる客に圧倒されて、最後は手をこまぬいて、見守るだけだった。

こうしたパーティなどで出される水割りの単価は、一杯八百円である。無制限に飲まれたのでは、たちまち足が出てしまう。しかし、飲物を切らしてしまったのでは、やらずぶったくりのパーティだ、とのちのちまで悪評が残る。

飲物を絶やさないために、戸原はウイスキーを二百ダース持ち込むことで、ホテル側と話をつけていた。これで、三万八千四百杯の水割りができる。一本に千円の持込料を払っても、これだと二百四十万円であがる。ミネラルと氷はホテルのサービスだから、これだと足が出ることはない。

それで足りなければ、はじめて、一杯八百円の水割りを出してもらうことにしてある。

そのために、料理はなくなっても、飲物は最後まであった。

パーティは、予定では、午後六時から二時間、行なうことになっていた。

乾杯までの挨拶が、本人挨拶を含めて約三十分、それから、料理がなくなるまで三十分。開会が十五分ほど遅れたから、午後七時十五分には、メインテーブルの料理も模擬店の料理もなくなってしまった。

それを見て、司会をしていた若手の代議士は、午後七時半には後援会長を呼び上げ、さっさと万歳三唱をさせ、閉会を宣告してしまった。

　こうして〝一万人と語る〟大パーティは正味一時間十五分で終わり、ホテルの一杯八百円の水割りは出番がないままだった。

　もしも、本当に出席者が一万人いて、主田がその一万人と話をしたら、ひとりと話す所要時間は〇・四五秒にすぎなかった。

　ひとりと一秒足らずしか話ができない『一万人と語る会』なんて、インチキだな……。

　戸原は、『一万人と語る会』を自分で企画しておきながら、そう苦笑した。

　ともかく、わずか一時間十五分のパーティで、主田の懐には、経費を除いて約八千万円の会費と約一千万円の祝儀の計九千万円が入り、戸原は三千万円の軍資金を手にした。

　主田派の十四人の議員は、それぞれ、九百万円から千五百万円のカネを『一万人と語る会』に便乗して懐に入れた。

　誰も戸原が三千万円の軍資金をつくったことに気がつかなかった。自分の懐が潤《うるお》ったことで上機嫌で、誰ひとり余計な詮索をする者はいなかった。

6

　戸原は国際経済研究所のカネの出し入れは、一切、自分が行なった。

　七郎と八郎が公私混同する事件があったこともあり、誰もそれを不思議に思わなかった。

戸原は国際経済研究所の銀行預金口座に、自分の三千万円を除いて、すべて預金した。自分の軍資金の三千万円は、自宅の机の引き出しに、新聞紙にくるんで入れた。

預金通帳やそれらのたぐいは、一切、作らなかった。そんなものを作るから、アシがつくのである。

目減りはするし、不用心でもあるが、カネは現金のまま持っているに限る、というのが、長い秘書経験から生み出した戸原の金銭哲学だった。

選挙資金の三千万円は、いずれは使い果たしてしまうカネである。マル優にして、少しばかりの金利を稼いでもたかが知れている。

財産ならばふやさなければならないが、どうせ、きれいさっぱり使い果たすカネは、財産とはいえない。

それならば、表に出すよりも、裏金のまま、目立たせずに持っているに限る。

戸原は三千万円を作ったことは、恭子にも言わなかったし、妻にも話さなかった。

女は口が軽いしカネに執着する。三千万円が一銭も自分の自由にならず、残らず費消されるということを知ったら、何を口走るか分からない。

だから、女の目には触れさせないに限る、と思う。

ホテルとパーティ代の精算を終え、そのことを主田に報告する。

九千万円ほど残った、と言うと、主田はニヤリと笑った。

「ドアを閉めてくれ」

お茶を持ってきた松本園子に、主田は秘書室との境のドアを閉めさせた。

「牧野《まきの》建設の株をその九千万円で買えるだけ買ってくれ。君の名義でだ」

小声で言う。

「時価四百五十円がらみだが、倍はいく」

そういう。

「まだ、株屋も知らないが、この株は必ず上がる」

「分かりました」

戸原はうなずいた。

政治銘柄だな、と思う。どうなっているか分からないが、どこかで証券会社の上層部と話が出来ているのだろう。

「九千万円が倍になれば、一億八千万円だ。いつ解散があっても恐ろしくない」

主田は肩を怒らせた。

戸原はロイヤルビルに戻ると、証券会社に電話をして、牧野建設の株価を尋ねた。

応対に出た男は、牧野建設は急落して、現在値は四百三十一円だ、と言う。

戸原は銀行に行き、入れたばかりの九千万円を引き出して、証券会社に行き、二十万株ほど自分の名義で買った。

それから、自宅に取って返し、三千万円を持ち出して、別の証券会社で六万九千株ほど、やはり自分の名義で買う。

政治銘柄であれば、乗って損はない、と考えたからだ。

主田が戸原の名前で買わせたのは、自分の名前が出るのを伏せたためである。どうせ自分の名義で買うのであれば、三千万円で主田にチョウチンをつけてみよう……。

戸原はそう思って、牧野建設を買った。

二週間ほど牧野建設は、一進一退の株価を続けた。

ようやく、ジリジリと上げはじめたのは、二週間が経ってからだった。

その頃から、売買される数量もふえた。

株価はやがて、五百円台に突入し、すぐに六百円台をつけた。

政治家とは、いろんなことをやるものだな……。

上昇を続ける牧野建設の株価を睨みながら、戸原はそう思った。

集金パーティを開いて政治資金を集めるとその金で政治銘柄の株を買い、軍資金の倍増をはかる。

しかも、いくらカネを集め、それをふやしても、税金はかからないのだ。

戸原は主田から、売りの指示が出るのをジッと待った。

売りの指示があれば、自分の買った六万九千株も主田の二十万株と一緒に売るつもりだった。

しかし、主田は、なかなか、売りの指示は出してこなかった。

牧野建設の株価が七百円台をつけても、主田は、売れ、とは言わなかった。

どうやら主田は、本気で株価が倍になるのを待っているようだった。

証券会社の係の男は、毎日のように、充分に利が乗ったから、手放してほかの株に乗り換えたらどうか、とすすめる。

しかし、主田の指示がない限り、勝手に売るわけにはいかない。

「まだ、売りません」

戸原はそのたびにそう答えるほかはなかった。

その数日後、牧野建設は、一転して、ストップ安をつけた。

それでも、主田は、売れ、とは言わなかった。

売れ、と言わないばかりでなく、牧野建設の株を買ったことなど忘れてしまったように、株の話はまったくしなかった。

戸原は、改めて、そんな主田に尊敬の念を抱いた。

5章　令嬢

1

主田はあまり選挙区入りの好きな政治家ではなかった。

金帰火来で選挙区の草むしりをするのは、新人のやることで、自分ぐらいの大物になれば、中央でしっかり政治さえやっていれば、有権者は黙っていてもついてくる。本気でそう思っているところがあった。

選挙区に帰れば、有権者に頭をさげなければならない。

ドブに蓋《ふた》をしてほしい、といった、市会議員の仕事のような小さな陳情にも辛抱強くつきあわなければならない。

揮毫《きごう》を頼まれても断われないから、帰京してから色紙と格闘しなければならなくなる。

有権者の子弟の入学や就職の世話を、この際とばかりに頼まれる。

そういったことにつきあっていたのでは、政治家本来の仕事ができない、というのが主田の持論で、できるだけ、選挙区には近寄ろうとしない。

そのために、選挙のたびに苦戦を強《し》いられ、いつも、きわどいところで当選をしてきている。

普通の代議士なら、きわどい票差で当選すれば、二度とこんな苦しい選挙はいやだと言って、選挙区に張りついて後援会の強化につとめるものである。

しかし、主田は選挙がすめば、選挙区に近寄ろうとしないのだ。

「東京でのパーティは大成功だったそうだし、そろそろ先生を選挙区に帰してくれないか。前回、帰ってから、既に半年経っている。このままじゃ、解散があっても選挙はできないよ」

〝国家老《くにがろう》〟と呼んでいる、選挙区の秘書の岡村丹蔵《おかむらたんぞう》がそう言ってきたのは、『一万人と語る会』をやって、一カ月が過ぎた頃だった。

「パーティが大成功だった、というから、そろそろお土産を持って帰ってくると言ってくるのじゃないか、と心待ちにしてたのだが、一向《いっこう》にその気配がない。それでしびれを切らしてしまったのだが、早く帰らせてくれよ。もっとも、落選して引退するつもりなら、帰るには及ばないがね」

岡村はそう言う。

戸原はその言葉をそのまま主田に伝えた。

「解散風は吹いてるし、帰らなきゃいかんかなあ」

主田は下唇を突き出した。

「国家老をねぎらうためにも、お帰りになられたほうがいいと思いますよ」

戸原はすすめた。

「君も一緒に帰ってくれるか」

主田は不安そうに戸原を見た。

こまごまとした陳情を受けるときには、そばに秘書がいて、てきぱきと処理してくれたほうがいいのだ。

「帰りましょう」

戸原はうなずいた。

主田はポケットから手帳を出してスケジュールを調べた。

「来月の二十日から二十五日までなら、体はあいている」

手帳を睨《にら》んでそう言う。

「それじゃ、その日にしましょう」

戸原は国家老に、選挙区入りの日程を伝えた。

「たったの五日間か」

岡村は戸原の返事に怒気を含んだ声を出した。

岡村は六十歳。秘書の中では最も年長で、キャリアも長い。それだけに、凄むと迫力がある。

「どれだけ出遅れているか、まるで分かっちゃいないんだな」

「そうは言っても、こっちでは黒潮会のまとめ役だし、選挙区に十日も二週間も張りつくわけにはいきませんよ」

「それじゃ、奥さんも連れて帰ってくれ。先生と手分けをして、奥さんには選挙区の婦人部と支部ごとに座談会をやってもらう」

「奥さんか。自信はないが頼んでみよう」

「相変わらずわがままなのか」

「相変わらずどころか、一層ひどくなりましたよ」

「とにかく、連れて帰ってくれ。それから、帰るときには、あまりいい着物は着ないで帰るように言ってくれ。ボロに近いほうがいい。大島《おおしま》だの塩沢《しおざわ》だの、田舎のカミさん連中がそばに近寄れないような着物は着て帰らないでくれ、と言っておいてくれ」

「言っておくよ」

「それから、奥さんが歩くとなると、幹部のところに土産が要《い》る。たいしたものでなくてもいい。そうだな、東京の榮太楼《えいたろう》の缶入りの飴《あめ》をひとつずつでいい。そいつを四十個ほど用意してくれ」

「分かった」

「それじゃ、こっちはこれから、各地の支部長に連絡をとって、先生と奥さんの両方のスケジュールを決めるからな」

お国入りの期間が短すぎると文句を言っていた国家老も、夫人を連れて帰らせる、という条件を出して、どうにか不満をしずめたようだった。

「奥さんを、ぜひ、連れて帰ってほしい、ということです。他陣営にくらべて相当出遅れているので、奥さんには婦人部をまわってほしいということです」

戸原は岡村の要望を主田に取り次いだ。

「いい着物じゃなく、ボロを着て帰るようにということです」

「初枝が何と言うかだな。あれは東京生まれの東京育ちだから、田舎に行くのが大嫌いでね」

主田は渋い顔をした。

「初枝には、君から選挙区に帰るように言ってくれ」

「そんな……」

「いいだろう、君、頼むよ」

主田はいやな役割は戸原に押しつけた。

「今夜、オレと一緒にうちへ来て、初枝を説得してくれ」

「それは先生の役目でしょう」

「オレだって、女房は選挙民の前にはさらしたくないよ。選挙にはオレが出るのであって女房が出るんじゃない」

「分かりましたよ。私が説得してみます」

戸原は溜息をついた。

2

「わたし、イヤよ。あんな教養のない人たちに頭をさげて歩くのは。前回でコリゴリ」

初枝はにべもなく戸原の要請を一蹴《いっしゅう》した。

「あら、また、衝突?」

お盆にお茶をのせて運んできた春美が、仏頂面《ぶっちょうづら》をつきあわせているふたりを見て、小さく笑った。

「次の選挙で先生が危ないのです。今のうちにしっかりと地盤を固めておかないと、落選は確実です。だから、先生と一緒に選挙区に帰って、婦人部の皆さんと座談会をして歩いてください、とお願いしているのに、イヤだとわがままをおっしゃるのです」

戸原は春美に言った。

「だって、戸原さん、無茶をおっしゃるのよ。上等のお召しじゃダメだ、ボロを着て帰れ、って。そんなボロを着てグリーン車に乗れると思う? 恥ずかしいわよ」

初枝も春美に言う。

「お母様、前回、あちらにいらしたとき、大島を有権者のご婦人方に、珍しそうにさわられて台《だい》無しにした、と憤慨なさってたわね」

「そうなのよ。着物にはさわられる、髪の毛は引っ張られる、まるで、珍獣扱いよ」

初枝は口を尖《とが》らせる。

「事実、田舎じゃ代議士夫人は珍しいですからね。滅多に会えないし」

戸原が口をはさむ。

「面白そう。気分転換にはよさそうね」

「だったら、あなた、私の代わりにいらしたら」

「私が？　いいのですか、戸原さん」

春美は目を輝かした。

「私は構わないと思いますが、国家老が何と言いますか」

「わたしじゃいけないか、岡村さんに問い合わせてみて。わたし、お父様の選挙区って、一度も歩いたことがないから、行ってみたいの」

「物見遊山《ゆさん》じゃありませんよ」

「座談会をして歩くのでしょ」

「そうです」

「私、政治のことは分からないから、政治向きのお話は、戸原さんが一緒に行ってくれてお話ししてください。私は、夫婦の問題とか、不倫、離婚などをお話しするわ」

春美は体を乗り出した。

「そういえば、あなた、高校時代に弁論大会で優勝なさったことがあるわねえ」

「あれはまぐれですわ、お母様」

春美は顔を赤らめた。

「しかし、体力の要る仕事ですし……」

戸原はスカートから伸びたほっそりした足を心配そうに眺めた。

かなりきついスケジュールになりそうだし、途中で疲労のために倒れたりされたら、厄《やっ》介《かい》なことになる。完備した医療機関などないところばかりだからだ。

「あら、痩《や》せてても、わたし、健康には自信があるわ。ここ十年、病気らしい病気はしたことがないわ」

春美は戸原の心配を吹き飛ばすように、ニッコリと笑った。

戸原はその夜、自宅から国家老の自宅に電話を入れた。

自宅の電話代はすべて自分持ちである。それを知っている岡村は、スケジュールのことならあしたでもよかったのに、と言った。

少し舌がもつれているのは、晩酌を楽しんでいたからだろう。

「お嬢さんが奥さんの代わりに帰りたい、と言っている。お嬢さんじゃまずいだろう？」

「お嬢さん、って、嫁に行った春美さんか」

「ほかにはいないよ」

「そうだよなあ。お嬢さん、と言うから、驚いたよ。春美さんなら、主婦だし、母親だし、目下、ご亭主と冷戦中だから、こっちの婦人部でも話題の人だ。奥さんよりも人が集まるかもしれない。早速、あした、各支部の婦人部の部長と連絡をとってみる。春美さんでいい、となったら、連れて帰ってくれ」

岡村はそう言ってから、ひと呼吸おいて言葉をついだ。

「でも、春美さんだと座談会はこなせないだろう」

「だから、わたしに一緒にまわって、政治向きの話はしてくれ、と言う。春美さんは、結婚生活とか子供の教育問題、離婚などについて喋るそうだ」

「それはいい。戸原君が一緒に歩いてくれるのなら安心だ。先生のお世話はボクがする」

岡村は俄然、張り切った。

戸原が主田に同行して選挙区入りをしたときは、陳情などは戸原が受けるから国家老の出番はない。単なる道案内にとどまってしまう。しかし、戸原が夫人をサポートするために、主田と別行動をとれば、岡村が主田と一緒に歩くことになり、国家老の面目をほどこすことができる。

岡村が夫人の選挙区入りにこだわったのもそのためである。

夫人ではなく、春美が選挙区入りをして、戸原がサポートすれば、岡村にとって条件は同じである。

「あすの夕方には、春美さんでいいかどうか、返事ができると思う。まあ、九割方は大丈夫だ」

岡村はそう言って、電話を切った。

翌日、岡村は午後四時過ぎに、国際経済研究所に電話をかけてきた。

「どこの婦人部でも大歓迎だ。ぜひ、春美さんと話がしたい、という声が圧倒的だ。先生と一緒に帰してくれ」

岡村の声はうわずっていた。

「それから、前回、先生が帰ったときに、書くと約束した色紙が二十三枚、まだ、来ていない。忘れずに持って帰ってほしい。為《ため》書きの名前のリストは、前回先生に渡しておいたが、なくしているといけないから、あとでファクシミリで送る。もうひとつ、東中村の公民館の横額を一枚頼まれている。これも書かせておいてくれ」

岡村は一気に喋りまくった。

戸原は岡村との話がすむと、主田の家に電話を入れた。

春美が直接、電話口に出た。

「国家老から連絡がありました。お嬢さまを選挙区の各後援会支部の婦人部は大歓迎だそうです。詳しいスケジュールは分かり次第お教えしますが、先生とご一緒に選挙区入りをしていただくことになりました」

戸原はそう言った。

「嬉しいわ。いい、気分転換になりそうだし、とても楽しみにしていますわ」

春美は明るい声で言った。

3

戸原は主田と春美と同じブルートレインの個室寝台で選挙区に向かった。

列車が東京駅を出発すると、早速、食堂車で夕食をとる。

ウィークデーのせいもあって、食堂はガラガラだった。

「何だか、お父様、選挙区入りが楽しそう。そんなお顔、東京では見たことがないわ。昨夜なんか、苦虫《にが》を噛みつぶしたようなお顔で色紙を書き飛ばしていらしたのに」

春美はビールを飲みながら、浮き浮きした声で言った。

「お嬢さん、政治家って不思議なものでしてね。選挙区へ向かう列車に乗ると、先生はいつも、選挙区向けのいい顔になるのです。けっして、選挙区入りが楽しいのじゃなく、顔が勝手に選挙区向けになるのですよ」

「二枚舌じゃなくて、二枚顔ね」

春美は楽しそうに笑った。

「だから、帰りにも注意してごらんになってください。東京が近づくと、仏頂面の東京用の顔になりますから」

「おいおい、今夜はワシをつまみにビールを飲むつもりか」

主田はそう言い、三人は声をあげて笑った。

主田が選挙区入りをするときには、選挙区向けの好々爺《こうこうや》の顔になるのは事実である。特に、今回は、娘と一緒のお国入り、ということもあって、主田は楽しそうだった。

一回のお国入りに要する費用は数百万円を下らない。

各地で行なわれる国会報告会、座談会などでは、会費を集めて酒と弁当を出す。それも三百円の会費で二千円ぐらいのものを出すのだから、大赤字である。その赤字は東京の後援会が集めたカネで補うのだ。

選挙区入りをすればカネがかかるばかりだから、主田にすれば渋い顔をしたいところである。しかし、そんな顔をすれば、人気がなくなるから、いかにも、有権者に会えて嬉しい、という表情をとりつくろっているのである。

岡村がファクシミリで送ってきたスケジュール表によると、到着した日は、大票田の都市部で、主田と春美が出席して国会報告演説会をやり、翌日から、主田と春美は別行動をとることになっている。

主田が重点的に国会報告演説会を行なうのに対して、春美は、午前、午後、夜、と一日三カ所ずつ、こまかく婦人部との座談会をこなすスケジュールになっていた。

宿泊地は、いずれも選挙区内の温泉になっていて、若い地元秘書の垣内《かきうち》が案内役につくことになっている。宿泊をいずれも温泉にしたのは、国家老の、春美へのせめてもの心づくしだろう、と戸原は思った。

最終日には、選挙区第二の大票田で合流して、国会報告演説会を行ない、ブルートレインで上京、というスケジュールになっている。

春美は地味な感じの普段着に近いツーピースを着ていた。化粧も控えめで、アクセサリーは金のネックレスだけである。

時計は安物の国産品である。

選挙区の婦人有権者の反発を買わないように、春美は細心の注意を払っていた。

春美のために戸原が用意した名刺は三百枚。今回、春美が会うのは三百人ぐらいだろう、と岡村が言うので、三百枚、用意したのだ。

ブルートレインが、降車駅に到着すると、主田と春美は出迎えの後援者にホームでもみくちゃにされた。

「出迎えが寂しいと、先生、元気がなくなってしまうのでね、動員をかけたのだよ」

岡村は戸原のそばへ近寄ってくると、そう言って、ニヤリとした。

「これが色紙で、これが公民館の横額。それから、これが今回の費用。中に、三百万円入っている。お嬢さんのほうの費用は、別に用意してあるから」

戸原は荷物を引き渡した。

岡村は現金の入った茶封筒だけを内ポケットへ入れ、残りは地元の若い秘書に手渡す。

「お土産は宅急便で送らせておいたが」

「きのう届いた」

改札を通って駅前広場に出る。広場にも、二百人ほどの後援会員が待ち受けていた。

「いやに派手だな」

「これぐらいやっておかないと、ほかの陣営を勢いづかせてしまう」

岡村は、戸原と春美のふたりを車に乗せ、自分は主田の車に乗った。

そのまま、最初の国会報告演説会の会場に向かう。

会場には、市長をはじめ、県会議員や後援会の大幹部たちが壇上に並んで主田と春美を待ち構えていた。折畳椅子を並べた広い会場には、二千人を超す後援会員が詰めかけている。

戸原もすすめられて、壇上の春美の横に腰をおろした。

これまでの戸原なら、壇上の席をすすめられても辞退したものだが、そろそろ顔を売っておくべきだ、と思ったのだ。

会場をぎっしりと埋めた主田の支持者は、ほとんどが戸原の知っている顔だった。

ここに集まっている人の票は、いずれ、オレがいただく。

そう思うと、自然に肩に力が入る。

司会者の後援会青年部長は、壇上の人を次々に紹介した。

戸原のことは、お忙しい主田先生の右腕として、直接、われわれの面倒を見ていただいている第一秘書の戸原さんです、と紹介した。

主田に劣らない拍手が湧いた。

戸原が主田に代わって、子弟の入学や就職の世話をした有権者が、大きな拍手を送ってくれたのだ。

市長や県会議員が歓迎の挨拶を述べ、婦人部代表による花束贈呈などがあり、主田の国会報告が始まる。

主田の話が始まると戸原は壇上から降りた。

春美も戸原のあとから下に降りる。

「凄い人気なのね、父は」

春美は舞台の袖で立ちどまり、小声で囁いた。

「これで選挙が危ないなんて、信じられないわ」

そう言って溜息をつく。

「ここはいいのですけどね、弱いところもあるのですよ。ここの票だけでは、とても当選できないのですよ」

「大変なのね、衆議院議員の選挙は」

「大変ですよ」

「いずれ、あなたもおやりになるのでしょ」

春美は戸原の目の中を見つめた。

「先生のお許しを得て、やりたいとは思っています」

戸原はうなずいた。

「あなたなら、やれるわ。夫は失敗したけど」

「また、出られるのでしょう」

「今度は、父のあとを狙っているわ。だから、私と離婚しないの」

「ほう」

戸原は春美の目を覗き込んだ。

「でも、夫は出られないわ。私は反対よ」

春美はゆっくりと首を振った。

「お嬢さん、婦人部長の西田《にしだ》さんが紹介してほしいといって控室でお待ちですよ」

岡村がふたりのところへ近づいてきた。

「ねえ、国家老さん」

「は？」

「お嬢さんっていうの、やめていただけません？　三十五にもなって、お嬢さんと言われると、わたし、ゾッとしちゃうの」

「分かりました、お嬢さん」

「ほら、また。春美、と名前を呼んでください」

「すみません。春美さん」

国家老は薄くなった頭を撫でた。

4

二日目から、戸原は地元秘書の垣内の運転する車で、春美と選挙区各地の婦人部の会合に出掛けた。

最初は、半農半漁の町の公民館で、午前十一時から座談会が行なわれた。

三十分ほど戸原が政治問題を分かりやすく話し、質疑応答を受け、春美が自分の置かれた立場を十分ほど喋り、出席者の意見を聞く。

集まった女たちは、育児、教育、嫁姑の問題など、いつも疑問に思っていたり、考えていた問題を春美にぶっつける。

春美はそのひとつひとつに、丁寧に答えた。答えに窮すると、戸原に助け舟を求める。何を聞かれてもしどろもどろの初枝よりも、よほど堂々として落ち着いていた。

座談会がひと段落すると、十二時半頃から折詰弁当とビールやジュースで食事をする。

二番目の会場は、山間の農村地帯で、同じような会合が行なわれた。午後二時半から会が始まり、四時頃に宴会になる。

三十分ほどで、宴会を抜け、三番目の会場に向かう。

三番目の会場は、谷間の温泉地の観光会館の中の日本座敷で、午後六時から会が始められた。ここも、七時から、折詰弁当とビールやジュースの宴会になる。

ここでは、観光地らしく、男の浮気をテーマに活発に意見が交わされ、戸原は浮気男の代表者として吊るし上げられて苦笑した。

「漁村には漁村、農村には農村、観光地には観光地のそれぞれの悩みがあることがよく分かったわ。たった一日だけで、私、いい勉強をさせていただいたわ」

宿の旅館に向かう車の中で、春美はしみじみとそう言った。

案内役の垣内は、宿で戸原と春美を降ろすと、明日は午前十時にお迎えに参ります、と言って、帰っていった。

宿は部屋がふたつとってあったが、春美は食事だけは一緒にしましょう、と言う。

戸原は自分の部屋に、二人前の食事を運ぶように頼んだ。

「汗をかいたし、温泉に入ってから、あなたの部屋に伺《うかが》うわ」

春美はそう言って、いったん、自分の部屋に入った。

戸原は主田に随行している岡村と連絡を取りあい、浴衣に着替えて大浴場に降りていった。

簡単に体を洗って部屋に戻る。

丁度、食事が運び込まれているところだった。

仲居たちは料理を並び終えると、お飲物は冷蔵庫に入っていますからご自由にどうぞ、と言って、さっさと引っ込んでしまった。

三十分ほどして、浴衣姿の春美がやってきた。

「おビール、いただこうかしら。会合では、ジュースばかりいただいたので、口の中がベトついちゃって」

座卓に向かいあってすわると、春美はそう言った。

戸原は冷蔵庫からビールを出して、ふたつのグラスに注ぎ分ける。

「それじゃ」

「ご苦労さまでした」

グラスを合わせ、ふたりは一気に飲み干した。

ほろ苦いビールが甘露のように喉から体にしみ渡る。

「ああ、おいしい」

空になったグラスを置いて、春美は箸《はし》をとった。

「きょう、何回目のお食事かしら。五回目になるのね。これから三日間、ずっとこんな感じなの？」

「そうですよ」

「きっと、東京に帰る頃には、二キロぐらい太ってるわね。それにしても、政治家って、胃袋も丈夫じゃなきゃ、つとまらないわね」

そう言いながら、刺身を口に入れる。

「おいしい。東京では味わえないお味ね」

ニッコリと笑う。

戸原は空《から》になった春美のグラスにビールを注いだ。

「先生の奥さんは、折詰弁当はお口に合わないらしく、開いても一品か二品、口に入れられるだけでしたから、夜は空腹になられるので、宿舎に入る前によく料理屋にお伴をしたものです。春美さんもお口に合わなかったら、何も一生懸命、食べることはないのですよ」

「あら、だって、皆さん、おいしそうに召し上がっているのに、私だけがまずそうに手をつけないのじゃ、悪いわ」

春美は明るくそう言う。

食事の途中から、春美は、ビールはおなかがふくれるから、といって、冷用酒にした。

「夫婦関係がおかしくなってから、酒量がグンと跳ね上がってしまったの。ほとんど毎晩飲んでるのよ」

冷用酒をぐいぐいやりながら、弁解するように言う。

戸原も冷用酒をつきあった。

「ああ、いい気持ち。ごちそうさま」

春美がそう言ったのは、午後十時近くになってからだった。

胃にもたれるから、と言って、ご飯は食べなかった。

戸原は電話で食事のあとかたづけを頼む。

「玄関の横に、ホールみたいなバーがあったけど、あそこでちょっと飲み直しをしない？」

春美は戸原を誘った。

「大丈夫ですか。あしたもあるのですよ」

「大丈夫よ。二日酔いするほどは飲まないわ」

「それじゃ、一杯だけですよ」

戸原は腰を上げた。

「ああ、とってもいい気持ちよ」

廊下に出ると、春美は戸原の手を握って、体を預けてきた。

春美の手はじっとりと汗ばんでいた。その手の汗が、男に不自由していることを物語っていた。

気の毒だな、と思ったが、春美を抱こうとは思わなかった。

戸原が主田の秘書になったとき、春美はまだ、セーラー服の女生徒だった。

その後、何度か主田の家で見かけたが、そのたびに、春美は女らしくなっていた。

春美が整形外科医の坂井と結婚する、と聞いたとき、戸原は惜しかったな、と思ったのを覚えている。

春美を妻にすれば、無条件で主田の地盤が継承できるのに、という考えが、脳裏をよぎったからだ。

それだけに、坂井が主田の跡目を狙っていないと分かったとき、ホッとしたのも事実である。

旅館のホールでは、若い団体客がレーザーディスクでカラオケを歌い、カップルになって踊っていた。

全員が浴衣姿である。

戸原は空いているボックスに腰をおろした。

春美はテーブルの向かい側ではなく、戸原と並んで腰をおろし、さりげなく体を密着させてきた。

浴衣を通して春美の体温が伝わってくる。

「水割りをふたつ」

戸原は注文をとりに来た従業員にそう言った。

五分ほどで、水割りが運ばれてくる。

「ねえ、踊らない？」

水割りをひと口飲んで、春美は戸原の手を引っ張ってホールの中央に出た。

ぴったりと体を密着させてくる。浴衣姿の女性とダンスを踊るのは初めてだったが、まるで裸の女体を抱いているようだった。

女体の起伏がストレートに分かる。

春美は浴衣の下はパンティだけで、ブラジャーもしていないことも分かった。

相変わらず、春美の手のひらは、じっとりと汗をかいている。

「わたし、いつか、あなたがうちにいらっしゃったとき、相談に乗ってほしいことがあるから、お電話をする、と言いましたわね」

「ええ」

戸原は股間が頭を持ち上げようとするのを必死で押しとどめていた。

「何度かお電話しようと思ったのに、勇気が出なくて」

「……」

「今度も、あなたとご一緒できると思って、選挙区に行く、と言ったのよ」

春美は下半身を強く密着させた。

パンツの中で戸原の欲望はふくれあがって、女体に何を考えているかを正確に伝えた。

人妻である春美に、男の意思表示が分からないはずはない。

「ここ、賑やかすぎるわね」

「そうですね」

「お部屋に戻りましょう」

十五分ほど踊ると、春美は戸原の手を引っ張って出口に向かった。

戸原は従業員に部屋の名前を言い、勘定はそっちへまわすように言って、ホールを出た。

5

春美は戸原の部屋についてきた。

戸原の部屋は片づけられ、夜具が敷いてあった。

春美は入口の格子戸に錠をかけ、襖《ふすま》をしめると、戸原に体を預けてきた。

戸原は唇を重ねた。

春美の舌が積極的に戸原の口の中に入ってくる。

拒《こば》むべきか、応じるべきか、戸原は、まだ迷っていた。股間の欲望だけは、しっかりと意思表示をしているが、退《ひ》くつもりなら戸原はいつでも自分にストップをかけられるほど、冷静だった。

春美のほうは、すでに制御がきかない状態になっていた。呼吸を荒らげ、膝頭をガクガクさせながら、必死でしがみついている。

ふと、戸原の脳裏に、押村代議士の言った言葉が甦ってきた。

春美のことを押村は、あのお嬢さんを取り込んでおけば先に行って必ず役に立つよ、と言った。主田が何でも言うことを聞くのは、自分ではなく春美だ、とも言った。

その幸運の青い鳥が、今、自分から戸原の胸に飛び込んで来たのだ。

今、戸原が春美を拒めば、幸運の青い鳥は飛び去って、二度と戻ってくることはないだろう。

チャンスを逃してはならない。この絶好のチャンスを逃すようだと、代議士になりたいという野望はうたかたの如《ごと》く消え去ってしまうかもしれない……。

戸原はそう思った瞬間、春美を強く抱きしめていた。

春美は小さく呻《うめ》いた。

キスをしながら、戸原は春美の浴衣の胸元から手を入れた。

小ぶりの乳房が手に触れる。

乳房の上で大きめの乳首が尖っていた。

夜具の掛蒲団を足ではがして、春美の体を横たえる。

浴衣の裾《すそ》が乱れて、ふっくらした太腿が露《あらわ》になった。

春美は目を閉じたまま、その裾を直そうともしない。

戸原は蛍光灯から垂れさがっている紐《ひも》を引っ張って、灯《あかり》を小さくした。

春美を見おろしながら、浴衣を脱ぎ、パンツを脱ぐ。

男の欲望はいきり立っていた。

薄目をあけて、春美はそれを見つめる。

「ああ……」

春美は小さくあえぎ、体をよじって自分の体に巻きついている浴衣の紐の結び目を探した。結び目を探し当てて解こうとする様子なのだが、力が指先に入らない。

戸原は春美の体を横向けにして、背中の結び目を解いた。

紐をつかんで一気に抜き取る。

布と布がこすれ合って、ひめやかな悲鳴に似た音をたてた。

ひと呼吸おいて、そっと浴衣の合わせ目を開く。ほっそりとした女体が現われた。

小さな乳房に褐色の大粒の乳首が尖っていた。乳首は乳輪いっぱいにのっかっている。乳首とはアンバランスなほど乳輪は小さい。

ほっそりとした体だが、ずん胴ではなく、ウエストはきちんとくびれていた。

茂みのあたりを、フリルのついた、真っ白なスキャンティが覆っている。

男の目にさらされることを覚悟した観賞用のスキャンティである。

温泉に入ったあとで、そのスキャンティにはきかえたのだろう。その小さなスキャンティに、今夜は何としても戸原に可愛がられるのだ、という女の意思が現われていた。

ほっそりした女体の中で、最も肉づきがよいのが太腿だった。

戸原は春美にキスをして、小さな乳房を手のひらで覆った。

ゆっくりとつかむ。

「うっ……」

春美は呻き、ゆっくりと腰をうねらせた。

スキャンティに覆われた部分が戸原の体にすりつけられた。

6章　解散

1

五日間の選挙区でのスケジュールを消化すると、主田代議士は後援会の幹部の見送りを受け、東京行きのブルートレインに乗り込んだ。

戸原と春美も同じ列車に乗る。

主田は疲れきっているようで、足元が覚束《おぼつか》なかったが、春美は選挙区入りしたとき以上に元気だった。

三人はそれぞれ、一人用の個室をとっていた。

「あなたがおっしゃったとおりね。列車がホームを出ると、父の顔から愛想笑いが消えて、東京向けの、政治家の厳しい表情になったわ」

主田の個室で、着替えの世話を焼いていた春美が、戸原の個室に入ってくると、そう言って、クスッと笑った。

すぐに真顔になって、戸原に体を預け、キスを求めてくる。

戸原は窓のブラインドをおろし、春美の唇を受けとめた。

「東京に帰ってからも、時々、会ってね」

四泊の温泉宿での情交の間に繰り返し口にした言葉を、春美は、また、口にした。

夫に対して閉ざしてしまった心を戸原に対してはあけっ放しにして、春美は奔放に熟《う》れ盛りの女体をのたうちまわらせて、戸原に甘えた。

夫以外には初めての男性だ、と春美は言った。

でも、夫に申し訳ない、という気持ちはないわ。最初に裏切ったのは夫のほうなのだから……。

そうも言った。

四泊の間に燃焼され尽くしたはずの情欲の火照《ほて》りは、まだ、体の芯にくすぶっているようだった。

戸原は春美が自分の思いのままに動く女になったのを感じた。

戸原が離婚をして一緒になろう、と言えば、春美は喜んでそうするだろう。

好きな男ができたから別れてほしい、と言えば、離婚を渋っている坂井も応じるはずである。しかし、家庭を壊して春美と一緒になっても、期待するほどメリットはありそうもない。むしろ、春美の家庭を壊したことへの非難、妻子を捨てたことへの非難、坂井から突きつけられる慰謝料、などを考えると、はるかにデメリットが大きい。

とすれば、当分は、秘密の不倫の相手、という立場を続けたほうが賢明だ……。

キスをしながら、戸原はそんなことを考えた。

「もうひと晩、あなたの胸で甘えたかった。今夜、ここに、泊まりに来ようかしら」

キスのあとで戸原の胸に顔を押しつけて春美はつぶやく。

戸原が、いいよ、と言えば、お嬢さん育ちの春美はそうしかねなかった。

「先生が東京向けの顔になったのだから、われわれも他人行儀にしましょう。今週の土曜日の午前中に、国際経済研究所にお電話ください。夜、どこで落ち合うか、時間と場所を決めておきますから」

戸原は春美の背中を撫でながら、そう言った。

「今週の土曜日には、会っていただけるのね」

春美は戸原を見上げて、嬉しそうに笑った。

その笑顔を見て、戸原は切り札を手に入れたのを感じた。

近い将来、主田が引退するときに、その後釜《あとがま》として、立候補の意志を明確にした場合、春美は父親に対して、強く戸原を売り込んでくれるはずである。

政治家になるには、地盤、看板、鞄の三バンが必要である。

しかし、その三つが揃っていれば、必ず、政治家になれるか、というと、そうはいかないのである。

三バンにプラス、運が必要である。

春美が胸に飛び込んできたことで、戸原は運が向こうからやってきたのを感じた。

ツイてきたな、とも思う。

運が向こうからやってくるようなときには、積極的に出なければならない。

「どんなに忙しくても、土曜日には春美さんと逢うための時間をつくりますよ」

戸原は大きくうなずいた。

「わたしがあなたにお電話をしたとき、そばに、父やお客さんがいて、話がしにくかったら、今はちょっと、とおっしゃってね。一時間ほどして、かけ直すから」

「分かりました」

戸原は、もう一度、春美を抱き寄せてキスをした。

春美は体を小刻みに震わせて戸原の唇をむさぼった。

今の春美は主田弁護士の令嬢ではなく、不倫の恋に身をこがす、平凡な人妻でしかなかった。

2

翌朝、東京駅のホームには、七郎と八郎、それに、白川が、主田たちを出迎えに来ていた。

主田と春美は七郎の運転する車で議員会館に向かい、戸原は白川の運転する車で国際経済研究所に向かった。

「お帰りなさい」

国際経済研究所では、金崎恭子が笑顔で戸原を迎えた。

奥の部屋で、戸原の背広を脱がせ、ハンガーに掛け、お茶をいれる。

そういった戸原の身のまわりの世話は、細川千枝子には絶対にさせない。

そのために、細川千枝子は戸原と恭子が男女の関係にあることは、うすうす感じとっているようだが、賢明な彼女はそのことをまったく口にしなかった。

「いかがでした、選挙区は？」

戸原と並んでソファに腰をおろして、尋ねる。

「久し振りのお国入りだというので、国家老以下、みんなハッスルしていたし、各会場とも盛会だった」

「それじゃ、次の選挙も安泰ですわね」

「それは分からないよ。これだけは蓋をあけるまでは、何とも言えない」

「こわいわね、選挙って」

「こっちでは、変わったことはなかっただろうね」

「あるわ」

恭子はニヤリと笑った。

「何だい」

「松本園子さんが妊娠したわ」

恭子は声を落とした。

「七郎さんの子かね」

「もちろんよ」

「七郎さんはそのことを知っているのかね」

「まだ、園子さんは言っていないみたい。でも、乳首の色は変わってくるし、間もなく、七郎さん、気がつくのじゃないかしら」

「園子には、おろしたりしないで絶対に産め、と言ってくれ」

「もう、そう言ってるわ。初めの子供をおろしたりしたら、二度と赤ちゃんが産めない体になるかもしれないわ、と言っておいたわ。園子さん、真剣な顔をして聞いていたから、産む、と言い張るはずよ」

「よし、これで、主田の後継者はオレが有利になる」

戸原はうなずいた。

春美が戸原の胸に飛び込んできたのも運であり、今、松本園子が七郎の不倫の子を身ごもったのも、戸原にとってはラッキーだった。

いよいよ、運が向いて来たぞ、と戸原は思った。

「七郎さんと園子さんが、おろせ、おろさない、ともめだしたら、マスコミにリークして、引きずりおろしてしまう、いいチャンスね」

恭子は、ますます、声を落とした。

「オレも最初はそう思っていた。しかし、七郎さんを引きずりおろせば、待ってました、とばかり、初枝夫人は八郎さんをかつぎ出すはずだ。それでは、初枝夫人の思うツボにはまることになる」

戸原は腕組みをした。

「それじゃ、どうするの?」

「いったんは、産むにしろ、おろすにしろ、この事件はもみ消そう」

「もみ消してしまうの?」

恭子は呆れ顔になった。

「いったん、もみ消すのだ。それで、七郎さんの身代わりに八郎さんを出せないギリギリのところで、マスコミにリークするのはどうだろう」

「なるほど。身代わりがきかない時点まで、蓋をしておいて、そこで七郎さんのスキャンダルを暴露する、というのね」

恭子は親指の爪《つめ》を嚙んだ。

「ワルねえ、戸原さんって」

数呼吸おいて、恭子は言った。

「やむを得ないよ。政治家になるためには、利用できるものはすべて利用しなくちゃね」

「それぐらい、ワルも徹底すれば、政治家になってもやっていけるわよ」

恭子は溜息をついた。

その時に、電話が鳴った。

恭子が出る。

「大村さんからよ」

恭子は電話を戸原に渡した。

「何だ」

「先生が、すぐに、こっちへ来てほしい、とおっしゃっています」

「分かった。すぐに行く」

戸原は電話を切ると、恭子がハンガーにかけてくれたばかりの背広を着た。

「用事があるのなら、列車の中で言ってくれればいいのに」

そうボヤきながら永田町ロイヤルビルを飛び出す。

車を使う距離ではないので、議員会館の裏口まで歩く。

議員会館の主田の部屋には、三組の陳情客が秘書室で順番を待っていた。

待っている客に会釈《えしゃく》をして、議員室との境のドアをノックして、ドアをあける。

議員室で主田と面談を終えた客がふたり、ソファから腰を上げるところだった。

主田は戸原に目で、入れ、と合図をしてから、客を送り出し、大村に、次の人にはしばらく待ってもらってくれ、と言って、ドアを閉めた。

3

「まあ、すわれ」

主田はそれまで客が腰をおろしていたソファを顎《あご》で示した。

「はい」

戸原は浅く腰をおろし、注意深く主田の表情を窺《うかが》った。

別れた直後の急の呼び出しなので、春美が戸原とのことを喋ったのかな、と思ったのだ。

しかし、主田の表情から察すると、そうではないらしい。

「以前、買っておいてもらった牧野建設の株だが、あすの寄りつきで売却してくれ。きのう八百円台をつけ、きょうは八百三円だが、あすは寄りつきで八百二十円になるはずだ。そこで売りたい」

主田は低い声で言った。

「かしこまりました」

「それでいくらになる？」

「買ったのが二十万株ですから、手数料や税金を引いて、ざっと一億六千万円になります」

「そうか」

「買い値が一株四百三十一円ですから、倍は八百六十二円です。八百二十円だと二倍にはちょっと足りませんが、ここで売ってもいいのですね」

戸原は念を押した。

「八百六十二円まで待って売れば、一億八千万円、今だと一億六千万円で、二千万ほど少なくなりますが」

「君イ、そんなに欲張っちゃいかんよ。二倍になると分かっていても、そのちょっと手前で手仕舞《てじま》ってしまうのがコツなんだよ。つまり、天井売らず底買わず、ってヤツさ。九千万の元手が一億六千万になれば、充分だよ」

主田はそう言った。

「話はそれだけだ。電話じゃ、誰に盗聴されるか分からないから、来てもらったんだ。それじゃ、株のことは頼んだよ」

主田はドアに顎をしゃくった。

「それじゃ」

戸原は頭をさげて、議員室を出た。

待たせていた陳情客に会釈をし、大村に、じゃあな、と言って部屋を出る。

陳情客のひとりが廊下まで戸原を追いかけて来た。

手短に陳情の内容を話し、戸原さんのお力添えをお願いします、と言う。

「議員会館には、第二秘書の大村さんもいらっしゃるし、先生のご長男の七郎さんもいらっしゃいますが、戸原さんとは能力が違いますよ。どうか、くれぐれもよろしくお願いします」

初老の男はそう言うと、はるかに年下の戸原にペコペコと頭をさげた。

「分かりました」

戸原はいい加減にあしらって、エレベーターに乗り込んだ。

地下三階まで降り、裏口から議員会館を出る。

議員会館の敷地を出ると、急坂になっていて、坂を下ったところの交叉点を左折すると、国際経済研究所のある永田町ロイヤルビルがある。

一体、主田は、短期間に牧野建設の株価が二倍になる、という情報をどこから仕込んだのだろう……。

急坂を下りながら、戸原は首をひねった。

主田は普段から株を動かしている男ではない。だから、株のことに精通しているとは考えにくい。

それが、天井売らず底買わず、などと、株屋が使う言葉まで口にして戸原を煙に巻いた。

政治家になるのであれば、そういった錬金術もマスターしなければ、と思う。

牧野建設は、戸原の記憶にない企業である。

もちろん、名前は知っている。記憶にない、というのは、主田とのかかわりのことである。

牧野建設のトップは、国際経済研究所のメンバーでもなければ、東京政経懇話会のメンバーでもない。

従って、牧野建設のトップが主田の錬金術のバックアップをしたとは考えられない。

いずれ、機会を見て、主田に尋ねてみよう。

戸原はそう思った。

尋ねてみても主田は手の内を明かさないかもしれない。

そのときは、自分の手で調べ上げてやる……。

戸原はそう決心した。

国際経済研究所に戻ると、戸原は証券会社に電話をして、牧野建設二十万株を明朝の始値で売却してほしい、と言った。

続いて、自分の買った六万九千株も売却しようとして、別の証券会社に電話をしかけたが、あまり一度に売りに出して、株価が下がるのを恐れて、やめてしまった。
二、三日、経ってから売ればいい、と思い直す。
翌日、牧野建設の二十万株は、主田の読みどおりに、一株八百二十円で売れた。

株の専門家でもない主田の読みが、あまりにもぴったり当たったことで、かえって意図的なものを戸原は感じた。

二日後に、戸原は六万九千株を成り行きで売った。

このときは、一株八百二十五円で売れた。

しかし、それが牧野建設の株価のピークで、それから二週間で、一株六百円台に急落してしまった。

牧野建設の株価操作と主田の錬金術とは必ずかかわりがあったはずだ、と戸原は確信した。

4

国会は『一票の格差』からくる議席数の見直しをめぐって、攻防が続いた。

七月に参議院議員の半数の任期が切れるので、その選挙を行なうことは決まっていた。

議長裁定で、各選挙区の線引きの訂正と八増七減でこの問題に一応の結着がつくと、流れは衆参ダブル選挙に向けて加速を強めた。

通常国会が終わると、数呼吸おいて、臨時国会が召集された。

臨時国会は、衆議院を解散するためのものであることは、明白だった。

臨時国会の召集が決まった日に、主田は戸原に電話をかけてきた。

「この前の牧野建設の株を売った代金を、月曜日の午前中までに、君のとこの金庫へ入れておいてくれないか。十四人の同志に選挙資金を渡したいから」

主田はそう言った。

「分かりました。いくらずつ、仕分けをしておきましょうか」

「前回並みでいい」

「前回並み、というと三百万ずつですよ。ちょっと少ないのじゃありませんか。前回に百万ずつ上乗せするとか——」

「三百ずつでいい。黒潮会からも五百ずつ出ることになっている。それに、党からも公認料が五百出る」

「それじゃ、三百ずつ、茶封筒に入れておきます」

「そうしておいてくれ」

「しかし、三百ずつだと全部で四千二百ですから、全額金庫へ入れておく必要はないと思いますけど」

「全額揃えておいてくれ。オレに考えがある」

「それじゃ、そうします」

「同志の諸君には、月曜日の解散当日、党の両院議員総会のあとで黒潮会に顔を出して、選挙資金を貰ってから国際経済研究所の出陣式に来るように、と言ってある。オレも乾杯には間に合うように顔を出すつもりだが、選挙区入りを急ぐものもいるかもしれない。そうしたら、その連中だけには、君から三百万は渡しておいてくれないか」

「分かりました」

戸原は電話を切った。

それにしても前回並みとは主田もケチになったものだ、と思う。牧野建設の株で大儲けをしたのだから気前よく出せばいいのに、とも思う。

戸原は銀行に車を乗りつけると主田に言われたとおり、全額を引き出した。

「小切手になさいませんか。現金は危険ですよ」

立ち会った支店長はしきりに小切手をすすめたが、戸原は断わった。

政治家は小切手とか領収書を最もいやがる。特に、選挙用の資金は、事務所の借上料やポスター代、運転手やウグイス嬢などの日当を除いては、闇から闇に流れる買収資金である。

小切手など、アシのつくものは、歓迎されないのだ。

ダンボール箱に詰めた一万円札の束を国際経済研究所に持って帰ると、戸原は奥の部屋で恭子に手伝わせて、三百万円ずつ、十四の紙袋に詰め、残りの現金と一緒に金庫におさめた。

月曜日に臨時国会は召集され、冒頭に、議長サロンで衆議院議長が詔書を朗読して、衆議院は解散された。

その直後に自民党は院内控室で両院議員総会を開き、幹事長と首相が挨拶をした。

そのあとで、議員はそれぞれの派閥に散り、派閥のボスから手渡される軍資金を受け取る。

国際経済研究所に主田の子分の議員たちが集まってくるのはそれからである。

その出陣式のために注文しておいた刺身を盛った大皿が五つ、料理屋から届けられた。

恭子は白川や細川千枝子、主田の次男の八郎らに手伝わせて、奥の部屋のテーブルに、大皿を並べ、ビールのグラスを並べた。

折畳椅子を足りない分だけ出して、席を作る。ビールと一升瓶を大皿の間に置いて、準備は完了した。

両院議員総会を終えると、主田は戸原に電話をかけてきた。

「黒潮会での出陣式を終えて、そっちへ行くから、あと一時間ほどかかる。それまでに来た者がいたら、待たせておいてくれ。やはり、カネはオレが、直接、手渡すことにする」

主田はそう言った。

子分に対して自分が親分であることを確認させるのは、カネを手渡す時である。

主田はカネを手渡す、という親分の行為を自分でやりたくなったらしい。

主田の電話から四十分ほど経ってから、子分の代議士たちが、二、三人ずつ、集まりはじめた。

奥の部屋で、勝手にビールや酒を注いで、大皿の刺身を食べる。

いつもなら、現役の代議士にまじって、新しく立候補する新人の顔も見られるのだが、今回は新人は見当たらない。

主田が幕を引くことを考えはじめたためだな、と戸原は思った。

政界にこれから先も長く居すわるつもりなら、新人を育て、手なずけるはずである。

それをしない、ということは、引退の時期を考えているため、と見てもいい。

最初に子分が現われてから十分後には、押村代議士を含め、主田派の代議士全員が顔を揃えた。

戸原に電話をしてから、丁度、一時間後に主田がやって来た。

主田は奥の部屋には顔を出さず、戸原に金庫を開けさせて、紙袋に入れた三百万円を十四個、取り出させ、お盆にのせさせた。

事務所の一角は衝立《ついたて》で仕切られ、二人用の応接三点セットが置いてある。

主田はその衝立の陰にお盆を運ばせた。

「押村君から、ひとりずつ呼び込んでくれ」

戸原に言う。

戸原は奥の部屋に顔を出した。

「只今、主田が参りました。おひとりずつに会うそうです。押村先生から、こちらへどうぞ」

「ありがたい。主田先生からの出陣祝が出るぞ」

押村はオーバーにもみ手をして、仲間を笑わせた。

「押村先生、古株だからといって、たくさん取らないでくださいよ、下っ端の実入りが少なくなってしまいますからね」

若手の議員が声をかけ、再び全員が大声で笑った。

カネが貰える、というので、どの顔も上機嫌だった。

事務所の衝立の陰で主田は押村に戸原から受けとった三百万円の入った袋を渡した。

「特に苦戦なのは、沢島《さわしま》君のところと小湊《こみなと》君のところだな」

「あのふたりは、是非《ぜひ》、応援に行ってやってください」

「ほかに、応援が必要なところは？」

「全員、応援に来ていただきたいのは山々ですが、できれば滝中《たきなか》君と村辺《むらべ》君のところにも顔を出してやっていただけませんか」

「分かった」

主田と押村は小声でそんな会話をした。

5

全員に三百万円の袋を配り終えると、主田は戸原を伴って、奥の部屋に入り、必ず選挙を勝ち抜いて、この部屋で再会しよう、と短く挨拶し、乾杯をした。

「私からも、ひとこと」

押村が口を開いた。

「先ほど、先生には、沢島君、小湊君、それに、滝中君と村辺君の四君のところには、応援に行っていただくようにお願いしておきました。本当は、全員が応援に来ていただきたい、と思っているのですが、先生は黒潮会の同志のところにも応援に行かなければならない。それに、ご自分の選挙もある。われわれも、あまり、ご無理なお願いはできません。どうか、同志諸君の奮闘とご健闘を祈ります」

押村の挨拶に拍手が湧いた。

「応援に来られる日程を早目にお知らせください」

沢島が叫ぶ。

「日程は戸原君と相談して、早目にお知らせします」

主田はうるさそうに答えた。

「先生、それでは、私、これから、選挙区へ飛びますので」

滝中が、カネさえ貰えば用はない、とばかりに、主田にそう挨拶して部屋を出た。

それを合図のように、前議員たちは引き揚げていった。

「お渡しするものが、前回並みで申し訳ございません」

戸原は押村に囁いた。

「もう百万、上乗せがあるかな、と思ったんだがね。前回並みでも全部で四千二百万だし、これに、選挙に突入すれば、応援に行くときに持っていく陣中見舞が二千万はかかるからね。これで我慢するほかはないだろうなあ。まあ、先生の前回の『一万人と語る会』のパーティ券で千五百万、稼がせてもらったから、前回並みでもやむを得ないだろうなあ」

押村は小声で言った。

白川と細川千枝子は主田の子分の前代議士たちをエレベーターの前まで見送って頭をさげたが、戸原は彼等を見送ったりはしなかった。

子分たちが、全員、引き揚げると、主田は奥の部屋のテーブルの上をきれいに片づけさせた。

「先生、応援のスケジュールですが、ご希望はありますか」

戸原は折畳椅子を白川に片づけさせると、ソファに腰をおろした。

「今回は、先生ご自身の選挙が苦しいので、あまりよその応援には行かずに、選挙区に張りついてほしい、と国家老は言ってきているのですが」

「そうは言っても、まるっきり、応援に行かないわけにはいかないだろう」

「黒潮会からも頼まれているのですか」

「五人ほどに頼まれている」

「主田派の四人だけで手一杯だと言って、黒潮会のほうは断わられたらどうですか」

「そうはいかないよ」

「九人も応援に行ってたら、選挙区をまわる時間がありませんよ」

「うちの沢島君のところには応援に行かないよ」

「なぜですか。沢島さんは一番危ないのですよ。だから、先生のテコ入れを一番望んでいる人なのに」

「はっきり言って、彼の評判は悪すぎる。どんなにカネを注ぎ込んでも、今回は勝てない。一回、落選して、一からやり直すしかない。カネを注ぎ込んでも、時間をかけて応援に行っても、ムダだ」

「見殺しにするのですか」

「やむを得ない。もっと早くから、選挙区の草とりをしておけばよかったんだ」

主田は突き放すように言った。

戸原は政治家の冷酷な一面を見るような気がした。

「ほかの三人は応援にも行くし、陣中見舞も出す。やり方次第では当選できるからね」

主田はそう言った。

勝てる見込みがあれば手を差しのべ、応援しても駄目なものは見殺しにするのが主田のやり方らしい。

主田は変わった、と戸原は思った。

以前の主田であれば、当選の見込みがなくても、同志であれば応援に行き、陣中見舞も渡して元気づけたものである。

「金庫のカネを残らずここへ運んでくれないか」

主田はきれいになったテーブルを叩いた。

戸原は金庫から、残金の一億一千八百万円を運び、テーブルに積み上げた。

「二千万円は陣中見舞に使うから、ここの金庫に保管をしておいてくれ」

主田は帯封をした一千万円の札束の塊《かたまり》をふたつつかんで、戸原の前に置いた。

「それから、今度の選挙は五千万円で切り盛《も》りしてほしい」

さらに五つの一千万円の塊を戸原の前に並べる。

一千万円の塊が四つと八百万円が残った。

戸原は残った札束の山を見ながら、とりあえず五千万円で選挙戦のスタートを切って終盤で残りを注ぎ込むのかな、と思った。

「残りの金は……」

主田は四千万円の塊に両手を置いて戸原を見た。

「残りの金は、オレが貰う」

主田はそう言うと、二千万円ずつ、新聞紙で無造作にくるみ、残りの八百万円は半分ずつ内ポケットに入れた。

「その金は、終盤で注ぎ込むのですか」

戸原はあっけにとられながら尋ねた。

「終盤？　そんなの関係ないよ。前半も終盤も、とにかく選挙はその五千万でやってくれ。うちの後援会は組織もしっかりしているし、選挙も何度も経験しているベテランが揃っているから、選挙にはカネがかからないはずだ」

主田はこともなげに言った。

これまで主田は、選挙資金は直接、国家老に渡していた。

戸原が調達し、それを国家老が使ってきた。それだけに、果たして五千万円で選挙の台所が賄《まかな》えるかどうか、戸原には見当がつかなかった。

「選挙というものは、使うつもりなら、いくらあっても足りないぐらいカネがかかる。それをいかに安くあげるかなんだ。だから、この五千万も最初に、ドン、と出してしまったら、アッという間になくなってしまう。二千万、一千万、一千万、五百万。最後に、五百万、というように出すのがコツだ」

主田は当惑している戸原にそう言い、用意してきたボストンバッグに、新聞紙にくるんだ札束の塊を無造作に放り込んで腰を上げた。

7章　選挙区

1

衆院選の公示は六月二十一日、投票日は参院選と同じ七月六日、と選挙のスケジュールは決まった。

戸原は六月八日の日曜日に、ボストンバッグに二千万円を詰めて、選挙区に飛んだ。

選挙区では、国家老の岡村丹蔵と選挙事務長に決まっていた絵崎《えさき》県議が戸原の帰りを首を長くして待っていた。

「当座はこれで頼む」

戸原は宿舎のホテルの部屋で三人だけになると、ボストンバッグから二千万円の札束の塊《かたまり》を取り出して、ふたりの前に置いた。

「おいおい、冗談じゃないぜ。たったこれだけの金で戦えるわけはないじゃないか」

岡村は二千万円を見て、顔を真っ赤にして怒り出した。

「だから、当座はこれで頼む。何しろ、ダブル選挙で、参議院にも金がかかるから、ほとんど金が集まらない状態だ」

「『一万人と語る会』で九千万円残したのだろう。あの金はどうした」

「あのとき残ったのは八千万だ。今度の解散で十四人の子分に三百万ずつ配った。これで四千二百万だ」

「だったら残りは三千八百万、あるはずだ」

「ところが、応援に行く陣中見舞が二千万ほどかかる。そうすると、残るのは千八百万だ」

「よその応援に呑気に行ってる場合じゃないんだぜ。こっちは尻に火がついている、というのに」

絵崎県議も口を尖《とが》らせた。

「次は必ず、何とかする」

「いくらかき集めるつもりだ」

「公示当日までに一千万、選挙の中盤までに一千万」

「終盤には、いくらだ」

「五百万かな」

「話にならん。せめて、終盤にも一千万入らなければ、事務所はパンクするし、票は逃げる」

「よし、何とかしよう」

「それから、終戦処理に一千万」

「そいつは請け負えない。財布もパンク寸前だからな。どうしても終戦処理に一千万必要なら、オヤジを裸にしてむしり取ることだな」

「オヤジの財布の紐《ひも》はいつだって固いのだからなあ。とにかく、公示当日の一千万を頼むぜ」

岡村は一千万円の帯封を切って、百万ずつの束にした。

さらに、百万の帯封を切って、二十万円ずつ茶封筒に入れる。茶封筒は一千万円で五十袋できた。

「絵崎さんと手分けをして、これを三日間で各支部長に渡して歩く。うちの選挙はそこから動きはじめるんだ。残る一千万円で、車や運転手、拡声器一式を揃え、ポスターを刷り、選挙事務所を借りる。選挙事務所は家主に話はつけてあるから、手付金だけでもいい。とにかく、それで二千万円はなくなってしまう。だから、至急、次の弾丸を補給してほしい」

岡村はそう言った。

各支部とは別に、婦人部、青年部などには、別個にカネを流さなければならない、と言う。ほかにも、医師会、歯科医師会、薬剤師会の三師会のルート、趣味の会などのグループにも、ボスを通じて運動資金を流す必要がある。

だから、できれば、公示前にも次の一千万がほしい、と岡村は言う。

国家老だけあって、岡村は有効にカネを流すポイントとタイミングを熟知していた。

票の広がりが最も期待できるのは医師会である。

医師の患者への影響力は絶大で、次の衆院選はこの人を頼むよ、と診察室の中に貼ってあるポスターを示せば、一発である。

後援会に入会してくれないか、と入会申込書を渡せば、家族から親類縁者まで書いて持ってくる。

医者のほうは、そんな患者は一回だけ診療代を無料にしたり、薬代を無料にする。

もっとも、無料にしたところで、三分の二は保険から入るので、医師の丸損にはならない。

医師会に流すカネには、その医師の無料にした診察代や薬品代をわずかだが補塡《ほてん》するという意味も含まれている。

また、医師には看護婦がついているから、家族の票のほかに、看護婦たちの票も期待できる。

出入りの薬品会社のプロパーも、医師の言いなりである。

医師についで歯科医師も、票の広がりが期待できる。

票の広がりは期待できないが、組合員の数だけの票はキッカリ出してくれるのが、移動飲食店組合である。移動飲食店組合とは、つまり、夜泣きソバ屋の組合である。

彼等にカネを流しておけば、客の票まではとってくれないが、確実に自分たちの一票は投じてくれる。

岡村はそういった医師会や歯科医師会や移動飲食店組合のどこを押さえればいいかを、何度かの選挙の実務経験を通して知っていた。

オレが主田先生の後継者として出るときにも、岡村さんは絶対に必要な人だ、と戸原は思った。こんな人物を持っているのといないのとでは、票が大きく違ってくる。

戸原が立つときに、対抗馬として七郎か八郎が立てば、岡村は戸原を支持してくれるかどうか、分からない。

しかし、能力を高く評価して、自分に絶対不可欠な人物だ、と言って口説《くど》けば、岡村は必ず来てくれるはずだ……。

岡村の話を聞きながら、戸原はそう思った。

2

主田の選挙区は、定員四名。

これまで、自民三、社会一で占めて来た、安定区だった。

前回の選挙結果は次のとおりである。

①酒巻健夫《さかまきたけお》(60)　一〇二、三七七(自前)
②葦岡吾郎《あしおかごろう》(58)　九八、四四五(社前)
③玉本国郎《たまもとくにお》(63)　九二、一二四(自前)
④主田五一(65)　八八、六一六(自前)
㊌小村久平《こむらきゆうへい》(53)　五二、五三八(民新)
㊌牛浜一郎《うしはまいちろう》(55)　五〇、八七〇(公新)

つまり、最下位の主田と次点の小村との票差は三万六千票あり、最下位とはいっても、主田は悠々と当選したのである。

この顔ぶれで今回も戦うのであれば、主田は慌《あわ》てることは何もなかった。

事実、つい、二カ月ほど前までは、同じ顔ぶれで戦うことが予想されていた。

ところが、二カ月前に、公民協力が打ち出され、この選挙区では、公明の牛浜が立候補を取り止め、民社の小村に協力することになったために、様相は一変した。

公民の協力がうまくいって、前回の牛浜の票が全部小村に流れると、小村の票は一〇三、四〇八票となり、前回トップの酒巻を抜いて、最高点で当選ということになる。

その結果、順位がひとつずつ繰り下がると、ワリを食って落選するのは、主田である。

国家老をはじめ、主田陣営が危機感をつのらせているのは、そのためである。

そのことで、戸原は主田とも話し合ったことがある。

「公民協力といっても、牛浜の票のうち小村に流れるのは、せいぜい半分の二万五千票だろう。前回、いがみ合った同士だからね。いかに党のトップが協力を決めたといっても、わだかまりをさらりと捨てて共闘できるはずはないよ。民社が小村に代わる新しいタマを出してきたら大変だが、小村で来るのだろう。だったら、取っても七万七千票だ。オレには一万票以上も届かない。次回もオレは悠々当選だよ」

心配する戸原に主田はそう言った。

「小村がオレを上回って当選するには、牛浜の票を七割以上とらなければムリなんだぜ。前回のライバルのところに七割の票なんか、とても流れるわけはないさ」

主田は落ち着き払っていた。

そうはいっても、それはあくまでも主田が前回並みの票をとったらの話である。有権者の死亡、過去三年の新成人の有権者の誕生などで、前回の選挙のときとは、有権者の構造にも変化が生じている。

前回並みの得票が保証されているという理由はどこにもなかった。

戸原は岡村たちと話し合って、三位の玉本と順位を逆転させることを当面の目標にした。

玉本と主田の差は三千五百票である。

玉本の票を千八百票だけかじりとれば順位は逆転できる。

そのために、玉本派の婦人部と青年部を重点的に切り崩すことにした。

順位さえ逆転しておけば、万一、小村が牛浜票を八割以上吸収しても、落選はまぬがれる。

「ひとり一万円として、買収資金があと千八百万あれば、絶対に勝てるのだがなあ」

岡村はそう言う。

戸原は主田が持っていた四千八百万から千八百万だけ、引き出したい、と思った。

千八百万出しても、三千万のキャッシュが残る。

それで当選が買えるなら、安いものだ、と思う。

「まあ、カネがどうしても出せない、と言うのなら、一家総出演で戦ってもらうしかないな。夫人はもちろん、この前、選挙区を歩いてもらった春美さん、それに、七郎さんや八郎さんにも帰ってもらう。そして、土下座をして有権者に頭をさげてもらう。それしかないよ」

岡村はそう言った。

戸原は、春美はともかく、七郎と八郎には選挙区入りをさせたくなかった。

主田の後継者は伜です、と初枝に引きまわされたのでは、たまったものではない。

しかし、岡村が言わなくても、七郎や八郎は、選挙区入りをして、父親の選挙を手伝うだろう。

息子たちが帰れば、初枝もいやがっていた選挙区入りをするだろう。

この選挙期間中も、死んだふりを続けるほかはないな、と戸原は思った。

今は辛抱するしかない。

チャンスが来るまで、ヘタに騒がないことだ……。

戸原はそう思った。

3

第一秘書や第二秘書といった在京秘書は、選挙になっても、選挙区はあまり歩かないものである。

作業衣が当たり前、ネクタイなんか一年中したことがない、といった田舎に、背広にネクタイ姿の在京秘書が入ると目立ち過ぎて、隠密行動も隠密ではなくなってしまう。だから、選挙期間中も東京に残って、軍資金をかき集めては選挙区に運ぶのが、主な仕事である。

解散から公示まで、約三週間。それから十五日間の選挙である。

七郎や八郎は公示前の六月十五日頃から、相次いで選挙区入りをした。

初枝もいつになく張り切っていて、公示の前日に、主田と一緒に選挙区入りをする、と言う。

岡村は、初枝と七郎と八郎は、全員バラバラにして、ひとりにひとりずつ、秘書か後援会の幹部をつけ、都市部を中心に戸別訪問をさせる作戦を立てた。

主田は最初と最後の三日間ずつ、合計六日間を選挙区をまわり、あとはほかへ応援にまわるスケジュールである。

主田の応援には、大村が随行することになった。

春美はなかなか腰を上げようとしなかった。

戸原が東京に居るためだった。

解散以来、戸原は多忙を極め、春美とは一度も会っていなかった。

「春美さんも早く寄越してくれよ」

岡村は戸原のところに、しきりに催促の電話を寄越す。

「何しろ人妻だからな。夫婦仲も微妙なところだし、あまり、強く言えないのだよ」

戸原はそう言った。

「そういった個人的な理由は超越してくれないと困るんだがね。今は、戦争なのだからね」

「分かった。オレがタマ運びをするときに、連れていくよ」

「頼むぜ」

岡村も必死だった。

戸原はせっせと企業まわりをしては、軍資金のかき集めに余念がなかった。

岡村の言う、あと千八百万円を、何とかかき集めよう、と思ったのだ。

しかし、どの企業も懐《ふところ》はスッカラカンで、とてもまとまったカネは持っていなかった。

党と個人が入れかわり立ちかわりカネをとりにくるので、交際費も使途不明金も底をついてしまったらしい。

そのために、千八百万円どころか、三百万円のカネを集めるのがやっとだった。

あらかじめ用意しておいた一千万円にその三百万円を上乗せして、戸原は公示の前々日に、春美を誘って選挙区に向かった。

公示初日の選挙事務所開きにつきあって再び東京に引き返すつもりだったから、選挙区には、二泊しかしない、とんぼ返りに近い旅である。

「あなたと一緒の日に帰してくれるなら」

春美はそういう条件をつけて選挙区入りを承諾したのだ。

選挙区に入ると、春美は婦人部の幹部に連れられて、挨拶回りにこき使われ、戸原は深夜まで岡村や絵崎県議と情勢分析に追われ、ふたりは顔を合わせることもなかった。

ようやく、二日ぶりにふたりが顔を合わせたのは、主田の選挙事務所開きのときだった。

大票田の都市部の目抜通りに構えた選挙事務所で、午前十一時から事務所開きは盛大に行なわれた。

候補者の主田をはじめ、妻の初枝、長男の七郎、次男の八郎、嫁いだ娘の春美が勢《せい》揃いした事務所開きは、これまでにない盛り上がりを見せた。

選挙区各地から後援会の幹部が駆けつけ、気勢を上げる。

明らかに玉本派から寝返ったと思われる者も、何人かいた。

岡村の玉本派切り崩しは着々と成果を上げているようだった。

候補者の挨拶に先立って、選挙事務長の絵崎県議が、公民協力による小村票の伸びを訴え、危機感をあおる。

朝から重く垂《た》れこめていた曇り空は、事務所開きと同時に雨に変わった。

梅雨独特の重く、生暖《なま》かい、いやな雨だった。

選挙事務所は、熱気と人いきれでむせ返り、ワイシャツにネクタイに背広上下の主田は額《ひたい》から汗を吹き出していた。

梅雨とは悪いシーズンに選挙をやるものだな。

戸原は人垣のうしろのほうから、とめどなく雨を降らせる空を見上げた。

梅雨シーズンの選挙で、また、選挙後に急死する当選者が何人か出るだろうな、と思う。

候補者の中には、病気を隠して選挙戦を戦っている者も少なくない。

その病気に、選挙の過労が追い打ちをかけ、当選はしたものの不帰の客となる者が、どの選挙でも出る。

特に、酷寒酷暑や湿気の多い梅雨中の選挙を戦ったあとは、選挙の被害者もふえる。

――先生は大丈夫だろうな。

戸原はしきりにハンカチで汗を拭いている主田を見つめた。

熱気と湿気が相当こたえているらしく、主田は赤い顔をしていた。

小一時間で事務所開きのセレモニーを終えると、主田は選挙のときしか乗らない助手席に乗って、選挙カーで街頭遊説《ゆうぜい》に出発した。

選挙カーのうしろを随行車が一台従う。

主田ファミリーは、事務所に残った後援会の幹部たちに、湯茶の接待をはじめた。

十分ほど経ったとき、岡村がさりげなく戸原のところにやってきた。

「随行車についている垣内《かきうち》から連絡があったのだが、先生は五分ほど走ったところで選挙カーを降りたそうだ。気分が悪い、と言うので、宿舎のホテルに連れて帰って、横にさせているそうだが、ひどい汗をかいているらしい」

戸原の耳元に唇を寄せて、小声で言う。

「まずいな。医者を連れに行ったほうがいい」

「医者なら、梅里《うめさと》先生がここにいる」

「それじゃ、事情を話して、ホテルに連れて行ってくれ。私は、あとから抜け出して行く。とにかく、みんなに気づかれないことだ」

「奥さんには？」

「まず、梅里先生だ。梅里先生が知らせたほうがいい、と言えば知らせよう」

「それじゃ、あとでホテルで。なるべく、早く来てくれ」

岡村は何事もなかったようにはなれていった。

戸原はゆっくりと裏口に通じるドアに近づいていった。

「戸原さん！」

ドアから出かかった戸原を背後から初枝が尖った声で呼びとめた。

戸原は聞こえなかったふりをして、ドアから出ようとした。

「戸原さん！　呼んでいるのが聞こえないの！」

初枝はヒステリックに叫んだ。

仕方なく戸原は振り返る。

「何でしょうか」

「何でしょうかはないでしょう。あなたは秘書でしょう。わたしたちがこんなに慌ただしく支持者の方を接待しているのに、さっきからあなたは何もしていないじゃないの。そんな秘書がありますか。選挙がすんだら、あんたなんかクビにしてやるわ。覚えてらっしゃい!」

初枝は吊り上がった目で戸原を睨《にら》んだ。

戸原は思いきり初枝を引っぱたいてやりたくなった。

馴《な》れない湯茶の接待と梅雨の湿気に初枝は完全に逆上していた。

しかし、ここでことを構えている暇《ひま》はなかった。

「どうぞ」

戸原はそう言うと、素早くドアからすべり出た。

通りへ走り出てタクシーを拾い、ホテルに走らせる。

今、主田に倒れられては困る。

今、倒れられたのでは、七郎が身代わり立候補をし、同情を集めて当選してしまう。そうなると、戸原の出番は永遠になくなってしまうのだ。

何とかして、立ち直ってほしい……。

戸原は天に祈りたい気持ちだった。

4

ホテルでは、ベッドに仰向《あお》けになった主田のシャツの前をハサミで切り開いて、梅里が診察をしていた。

五十代の前半。精悍《せいかん》さが残る横顔を見せて、梅里は真剣そのものの表情だった。

聴診器と往診鞄《かばん》は、ホテルに来る前に臨時休業の診療所に寄って持って来たのだ、と岡村が小声で教えてくれた。

やがて、聴診器をはずして、梅里が戸原と岡村を振り返った。

「さっきの事務所開きのむし暑さがこたえたようです。しかし、心音はしっかりとしていますし、体温がさがれば、元気を回復されるでしょう。冷たいジュースでもとってあげてください」

落ち着いた声でそう言う。

戸原はホッとした。これで七郎が身代わりに立つ事態は避けられた。

岡村は電話に飛びついて、ルームサービスで生ジュースを注文した。

「こんな時期の選挙はお年寄りには酷ですよ」

梅里はハンカチで額の汗を拭いた。

「大事をとって、二日ほど静養され、元気になってから、ぼちぼち、車に乗られたらいいでしょう」

「応援も頼まれているのですが」

「どちらまで行かれるのですか」

「全国各地です」

「それは、おやめになったほうがいいでしょう」

あっさりと梅里は言った。

「戸原君」

ベッドの上から主田が呼んだ。しっかりした声だった。

「はい」

戸原はそばへ行き、主田の顔を覗《のぞ》き込んだ。

まだ、顔に赤味が残っていた。

「応援は君が代わりに行ってくれ。陣中見舞は三つずつでいい」

主田は閉じていた目を開いて戸原を見た。

いつもの鋭い眼光は消え、どこか虚《うつ》ろな目だった。

「承知しました。これから、東京に帰り、早速、先生に代わって三人の先生方の陣中見舞にうかがいます」

「頼む」

主田はゆっくりと目を閉じた。

「岡村君」

目を閉じたまま、主田は今度は岡村を呼んだ。

「はい」

「家内を呼んでくれ。ションベンがしたくなった」

「は、はい……」

岡村は戸惑いながらも選挙事務所に電話をかけ、先生がお呼びですので、至急、宿舎のホテルにお帰りください、と言った。

「それじゃ、私はこれで」

戸原は梅里に頭をさげ、部屋を出た。

ヒステリーの塊のような初枝とは、顔も合わせたくなかった。

いったん、選挙事務所に戻る。

春美は後援者の間を動きまわって、ヤカンに入れた冷や酒を注いでまわっていた。

「春美さん、ちょっと」

戸原は春美を手招きした。

裏口から雨の中に誘い出し、傘をさしかけて、主田が選挙事務所の熱気に当てられて具合が悪くなったが、回復したことを手短に喋った。

「しかし、医師は各地の応援に行くのは無理だろう、というので、私が名代《みょうだい》で行くことになりました。これから、東京に向けて発《た》ちます」

「わたしも一緒に発つわ」

間髪を入れずに、春美は言った。

「奥さんは、今、ホテルだが、先生を見舞ってから発ちますか」

「母が見舞っているのなら、その必要はないわ。父は元気になったのでしょう」

「一種の熱射病にやられたと考えればいいのじゃないでしょうか。もう、すっかり元気になられましたよ」

「それじゃ、見舞いに行く必要はないわ」

春美はいったん事務所に戻って、ハンドバッグを持って戻ってきた。

「さあ、駅に行きましょう」

表通りに出てタクシーをとめ、さっさと乗り込む。

春美は戸原があとから乗り込むと、車を駅に向かって走らせた。

駅に着くと、春美は新幹線の切符売場で、新大阪までのグリーン車のキップを二枚、購入した。

「大阪？」

けげんそうな顔をする戸原の手を引っ張って春美は改札を通った。

「きょうは大阪までよ。東京に帰るのは、あ、し、た」

「しかし、今は選挙中ですよ」

「候補者がベッドで休養をとってるのよ。きょうは土曜日だし、わたしたちも、大阪でゆっくり休養を楽しみましょう」

そう言って、恥ずかしそうに春美は顔を赤らめた。

「お母さまのこと、ごめんなさいね。満座の中であなたに恥をかかせたりして。母はいつもわがままなの。わたし、そんな母が大嫌いよ」

春美は戸原の表情を窺《うかが》うように、上目遣いに見た。

「いいんですよ。奥さんの言うことに、いちいち腹を立ててたら、とっくに秘書を辞めていますよ」

戸原は春美を安心させるように、白い歯を見せた。

5

新大阪に到着すると、戸原と春美はタクシーを大阪東急ホテルに走らせた。

戸原がチェックインをする間、春美はコーヒーラウンジでコーヒーを飲みながら待つ。

戸原はダブルベッドの部屋をとった。

コーヒーラウンジで部屋のキイを春美のハンドバッグにすべり込ませる。

春美はひと足先に、ひとりで部屋に上がっていった。

戸原はホテルの中の公衆電話から選挙区のホテルに電話をして、主田の部屋にいた岡村にその後の容態を尋ねる。

「先生はすっかり元気だ。あすはどうしても選挙カーに乗る、とダダをこねている」

「梅里先生の意見は？」

「車に乗せても差しつかえはないそうだ。ただ、雨中での街頭演説はやめたほうがいい、と言っておられる」

「街頭演説は票をとる、というよりも、他陣営への牽制《けんせい》みたいなものだからな。流すだけでいいだろう。所々で、車の中から先生の声を聞かせればいい」

「そうしよう。先生が、さっさと車から降りてしまって、きょう回る予定のところを回らなかったものだから、何かあったのじゃないか、という噂が流れてる。その噂を打ち消すには、先生が車に乗られるのが一番いい」

「そうしてくれ。こっちは、各地の応援に飛びまわる。連絡はこっちからする」

「よその応援もいいが、次の資金を早目に頼むよ」

「分かった」

戸原は電話を切ってから、議員会館の大村に電話をした。

「君の胸だけにおさめておいてもらいたいのだが」

はじめにそう言って、主田がダウンしたことを話す。

「岡村さんが何も言って来ないので、知りませんでしたよ」

大村は緊張した声で言った。

「すると、今度の選挙が最後ですね」

「本人も、そう思っているだろうな。無理をして、もう一期頑張れば、死ぬよ」

「死ぬよりも引退を選ぶでしょうね」

「次の総選挙前に、引退の声明がある、と見て、選挙がすんだら、早目に手を打つつもりだ」

「主田ファミリーは先生に引退をすすめますか」

「まだ、先生の引退なんか考えてもいないようだ」

「最大限の協力を惜しまないつもりですよ」

「ありがとう。ぼくも、約束どおり、君を県議にしてやるからな」

「お願いします」

「ところで、軍資金集めはどうかね」

「相変わらず、さっぱりですよ。円高不況をモロにかぶって、役員報酬をカットしたところが多いですからね。そんなところは文字どおり雀の涙ですよ」

「円高で儲かったところもあるだろう」

「そんなところは、前回並みでご勘弁を、ところですからね。とても、私の力では思うように集まりません。早く東京に帰って、戸原さんの顔で資金集めをしてください」

「あしたは帰るよ」

「今夜も選挙区のホテルですか」

「今夜は、大阪だ」

「大阪？」

「関西の財界をカネ集めに歩いてみようと思ってね」

戸原は口から出まかせを言った。

「なるほど。それじゃ、あす、お待ちしています」

大村は納得して電話を切った。

そのあとで、戸原は、国際経済研究所の恭子と、自宅に、東京に帰るのが一日遅れる、と電話をした。

全部の電話を終えるのに、四十分近くかかった。

腕時計を見ると、午後五時をまわっていた。

戸原は深呼吸をしてから、エレベーターで春美の待つ部屋に上がっていった。

ドアチャイムを鳴らすと、待ちかねていたようにドアが開いて、真っ暗な中から春美の手がのびてきて、戸原の手をつかんで部屋の中に引き入れた。

ドアが閉じると同時に、柔らかい女体が戸原の胸に飛び込み、キスを求めてきた。

春美はホテルの浴衣に着替えていた。

女体からは湯上りの匂いがした。

待っている間にバスを使ったらしい。

窓には遮光カーテンが引かれ、むつみ合うための暗さが準備されていた。

「あまりじらさないで。気が変になりそうよ」

春美は戸原の手をとって、浴衣の合わせ目から乳房に導いた。

温かいふくらみが愛撫を待っていた。

父親の主田が、選挙区のベッドで引退を考えているかもしれないとき、その娘は男とベッドで情熱を燃やすことしか頭にないようだった。

「あなたはシャワーを浴びなくてもいいわ。汗くさいあなたが好きよ」

熱い息を吐きながら、春美はそう言った。

8章　事故

1

まぶしい朝日を感じて戸原は目をさました。自分がどこにいるのか、すぐには思い出せなかった。

ようやく、大阪で春美と一泊し、朝を迎えたのだ、と思い出す。

春美は全裸のまま、窓辺に立ち、朝日を正面から浴びていた。

充分に成熟した女体が、昨夜から三回続いた情交に、満ち足りたように輝いていた。

戸原が目をさました気配を感じたのか、春美はくるりと振り返った。

「起こしちゃったかしら」

ベッドに戻ってきて、戸原の腕の中に転がり込む。

朝日に暖められた女体は焼きたてのパンのように温かかった。

「虫干しをしてたの?」

「虫干し? 何の?」

「浮気の虫」

「あら、わたし、浮気じゃないわ。確かに夫はいるけど、あなたに抱かれてから、指一本、さわらせていないのよ」

朝の現象を起こした戸原の欲棒を握りながら、春美は唇を尖《とが》らせた。

「梅雨《つゆ》なのに、きょうはいい天気だな」

戸原は上半身を起こして窓の外を眺めた。

「話をそらさないで」

春美は戸原の上半身に体を重ね、ねじ伏せた。

「わたし、戸原さんにくっついて、お父さまの同志の陣中見舞に行こうかしら」

「春美さんが？」

「父が来るところですが、足をくじいてしまって動けないので代わりに来ました、と言えば、誰も変には思わないでしょう。そうすれば、戸原さんと、ずっと一緒にいられるし、夜は可愛がってもらえるでしょ」

体を密着させて、そう言う。

「いけない？　一緒に行っては」

「やはり、まずいですよ」

戸原は首を振った。

陣中見舞を届けるのに、春美が出掛けていくのは、一見、筋が通っているようだが、やはり政界の常識からするとおかしい。そういった仕事は、秘書の仕事である。

それに、陣中見舞は、ただ渡すのではなく、そこで恩を着せておかなければならない。

戸原は、主田は陣中見舞は二百万でいい、と言ったが、自分が説得して、百万円を上乗せさせた、と言うつもりだった。そうすれば、陣中見舞を受けとるほうも、主田ではなく戸原が来てくれてよかった、と感謝するはずである。

それに、戸原は、代議士になるのが目的ではなかった。

代議士になるのは、あくまでも最初のステップであり、最終的には自分の派閥を持ち、総理大臣のポストを狙《ねら》うつもりである。

そのためには、四十代で代議士になり、政界で実績を積んでおく必要がある。

それに、戸原は代議士に当選をすれば、主田派の子分の代議士を引きつぐつもりでもある。そのためには、今から恩を売り、飼い馴らしておかなければならない。

陣中見舞を届ける役がまわってきたのは、まさに、天の配剤《はいざい》である。その役をむざむざ春美に渡してはならなかった。

「がっかりだわ。喜んで連れていってくださると思ったのに」

春美は溜息をついた。

「あなたを連れて陣中見舞を配って歩いたりしたら、ぼくは先生に叱られますよ。ひょっとして、ぼくたちの仲を疑われるかもしれない」

「どうしても、ダメ」

「ダメです」

「分かったわ。それじゃ、もう一度、わたしがくたくたになるまで可愛がって。そうすれば、あきらめるわ」

春美はそう言うと、乳房を戸原の顔に押しつけてきた。

戸原は体を入れかえると、春美にキスをしながら、乳房を強くつかんだ。

自分が師事している代議士の娘で、しかも人妻である春美と、最も多忙な選挙中に情事を行なっていることに、戸原はまったく罪悪感を感じてはいなかった。

戸原は将来は総理大臣のポストを目指していたし、総理大臣になる者が代議士の娘を抱くのは、むしろ、当然だ、と思っていた。

それに、相手が代議士の娘で、しかも、人妻であれば、スキャンダルが表面化することは、まず、ない。

戸原が最も警戒しなければならないのは、スキャンダルが表面化することである。

有権者、特に婦人の有権者はスキャンダルを極端に嫌う。スキャンダルを引き起こしたら当選もできない。

その意味では、春美は完全な女だった。

しかし、不仲とはいえ、春美の夫の坂井には秘密にしておかなければならない。戸原とのことを知られ、夫権侵害で告訴されれば、それこそ、スキャンダルになる。

「坂井さん、われわれのことには気がついてないだろうね」

乳房から唇を茂みに這わせながら、戸原は尋ねた。

「ほとんど顔を合わせないし、口もきかないのよ。分かるはずはないわ」

春美は戸原の愛撫を求めて、大胆に両足を開いた。

「ねえ、今はあなたのことだけ考えていたいの。夫のことなんか思い出させないで」

腰をくねらせながら春美はそう言う。

ベッドの中での春美は、戸原が知っているどんな女よりも奔放だった。

おそらく、夫婦仲が良かった頃はそうだったのだろう。

坂井が形式的に春美と夫婦であり続けているのは、主田の女婿《むすめむこ》、といったほうが有利だと計算しているからである。

その坂井は、今回の総選挙への立候補は見送った。

スキャンダルのほとぼりをさますために冷却期間をおくことにしたのだ。

次の総選挙には、再び立候補する。

しかし、その選挙で主田が引退を表明したら、おそらく、利用価値のなくなった春美とは離婚するだろう。

そうすると、春美の面倒を見るのは戸原になる。

主田の後釜として国会に駒を進めたら、春美を第一秘書にするのも面白いな……。

茂みの下の亀裂から蕾《つぼみ》を探り出し、舌で愛撫しながら戸原はそんなことを考えていた。

2

国際経済研究所の金庫の中には、主田の選挙資金の残りの二千万円と陣中見舞用の二千万円の四千万円が入っていた。

戸原は岡村へ渡す三回目の選挙資金の一千万円と三人の主田派議員の陣中見舞の九百万円を取り出して、ボストンバッグに詰めた。

金庫の中には二千百万円の現金が残った。

金庫の扉を閉めようとしたとき、電話が鳴った。

「先生からです」

電話をとった恭子が言う。

戸原は金庫の扉をそのままにして、電話に出た。

「三人の陣中見舞分を引いた千百万をこっちへ持ってきてくれないか」

主田は言った。

「情勢が思ったよりも深刻だ。公民協力は考えていた以上に効果をあげている。それに小村の個人票も伸びている。この分では、小村は前回の票に四万は上乗せしそうだ。場合によっては、二倍になるかもしれない。そうなると、自民三人のひとりがワリを食ってしまう。岡村もよその陣中見舞にまわす金があったら地元に注ぎ込んでくれ、と言うし、今度来るときは、その千百万も持って来てくれ」

そう言う。

主田の声には、はっきりと、焦《あせ》りと苛立《いらだ》ちが感じられた。

尻に火がついたな、と戸原は思った。

「承知しました」

「いつ、こっちへ来るかね」

「陣中見舞を配ってからですから、四日後に参ります」

「待ってるぞ」

主田は電話を切った。

恭子が心配そうに戸原を見た。

「どうやら、先生、尻に火がついたようだ」

戸原は恭子に言った。

「選挙、危ないの？」

「悪くすると、落選もありうる」

「まあ、大変」

恭子は表情を曇らせた。

「しかし、陣中見舞用の予備として残しておいた金が特効薬の働きをするかもしれない」

そう言いながら、金庫の前に戻って、扉を閉じかけ、何気なく中を見て、戸原は小さな叫び声をあげた。

さっきまで、そこにあった二千百万円の現金が消えていたのだ。

「どうかしたの？」

恭子が尋ねる。

「金が消えた」

「えっ……」

恭子は金庫を覗き込んで、息を飲んだ。

細川千枝子は朝から休んでいる。

金庫をあけたときにはいた白川の姿が見当たらなかった。

「白川君は？」

「あなたが先生からの電話に出てたとき、出て行ったわよ。トイレじゃない？」

恭子は首をかしげた。

戸原は部屋を飛び出した。トイレは各階にひとつずつしかない。

トイレの中の大便をするほうまで調べたが白川の姿はなかった。

「白川さん、いた？」

部屋に引き返した戸原に恭子が尋ねた。

戸原は無言で首を振った。

「まさか、白川さんが？」

「出て行ったとき、何か持ってたかね」

「紙袋をふたつ、持ってたわ」

「それだ」

戸原は低く唸《うな》った。

戸原が机の上の電話をとると、金庫は斜めうしろになる。

戸原は電話中に、一度も金庫を振り返らなかった。

その間に白川は札束を紙袋に放り込んで、悠々と部屋から出て行ったのだ。

主田と電話中に、ほかに部屋に出入りした者はいない。

「警察に届ける？」

「まず、先生に報告しよう。警察に届け出るか出ないかは、先生が決めることだ。それにしても、白川が泥棒を働くとは思ってもみなかったよ」

「あの人、お金に困っていたけど、まさか金庫のお金を持って行くとは思わなかったわ」

「どうして、金に困っていたのを知ってるのかね」

「十万ほど貸してくれないか、と言われたことがあるの。つい、一週間ほど前よ。その前にも、給料が安すぎる、とボヤいていたことがあるわ。一人前の男をこんな給料で使うなんて、政治家はひどい、って。オレを人間扱いしていない、とも言ってたわ」

「そんな不平を洩らしていたとは知らなかったな」

「だから、そんなに給料に不満があるのなら、戸原さんに言うか、辞めるかすればいいのに、と言ったわ」

「どちらもせずに、金をとってドロン、か」

「ごめんなさい、出来心でした、と言って戻ってくるのじゃないかしら」

「まあ、持って行ったのは衝動的だったかもしれないが、戻ってくることはないね。とにかく、先生に報告をしよう」

戸原は選挙事務所の岡村に電話をした。

「先生に、至急、連絡をとりたいのだが、今、どこかね」

「先生なら、丁度、今、ここでひと休みされているよ。間もなく、個人演説会のある郡部へ向かうところだ」

岡村は元気な声を出した。

「日中は、雨のときは選挙カーだけ走らせて、先生には休んでもらってる。その代わり、個人演説会は全部消化していただいているよ。とにかく、この雨と湿気には参ってる。こんな選挙はこれっきりにしてほしい、と先生も音《ね》をあげているよ」

「とにかく、どこか、個室に電話を切り替えて、先生を出してくれませんか」

「個室にだな」

岡村は大声で電話を二階の個室に切り替えてくれ、と言い、電話を切り替える音がした。

「主田だ」

一分ほど待たせて、電話口に主田が出た。

「実は、さっき、先生と電話でお話をしている間に、白川に二千百万を持ち逃げされてしまいました」

戸原は淡々とした口調で言った。

「何だと？」

「ですから……」

戸原は、もう一度、同じことを繰り返して言った。

「ひどいことをするヤツだな。すぐに、警察に知らせろ」

言葉を叩きつけるように、主田は言った。

額に青筋を浮かべた主田の顔が見えるようだった。

「本当に、警察に届けてもいいのですね。白川は黒潮会の経理を手伝っていたそうですけど、構わないのですね」

戸原は念を押した。

「うーん」

主田は唸った。

「まあ、もう少し、様子を見ておくか」

冷静を取り戻した声でそう言う。

白川は政界の裏面を長く見続けてきた男である。それだけに、政治家が喋られたくない弱味もいろいろと知っている。

警察につかまった腹いせに、そうしたことも全部喋られると、困るのは政治家のほうである。

どうやら白川は、金を持ち逃げしても、警察に追われることはない、と確信して、金庫の金を持ち逃げしたらしい。

「さし当たって、二千百万円、資金が不足することになりましたが」

「企業から集められないか」

「とても無理です」

先生がポケットに入れた四千八百万を出したらどうなのですか、と出かかった言葉を飲み込んで、戸原は主田の返事を待った。

「仕方がない。カネはオレが何とかする」

不機嫌そうに、主田は言った。

3

その日の夕方、国際経済研究所の戸原のところに初枝が電話をしてきた。

「白川に二千百万も持ち逃げされたそうね」

初枝は電話口に出た戸原にヒステリックに叫んだ。

「金庫を開けっ放しにして電話なんかしてるからよ。あなたの責任よ。金庫をきちんと閉めておかなかった、あなたが悪いのよ」

一方的にきめつける。

「本来なら、あなたに弁償していただかなくちゃならないけど、今回は間に合わないから、私が立て替えておくわ。いつか、返していただきますからね」

初枝は勝ち誇ったように言った。

「ねえ、すみません、とか何とか、言ったらどうなの?」

黙っている戸原にそう言う。

「悪いのは、電話中に金を持ち逃げした白川であって、それを私の責任だ、と言い張られるのは奥さんの詭弁《きべん》ですよ」

「だって、金庫を開けっ放しにしていたのはあなたよ」

「閉めようとしたときに、先生から電話があったから、出たのですよ。あのときに先生から電話がなければ、事故は起きませんでした」

戸原は初枝にあやまるつもりは毛頭なかった。

「まあ」

初枝の荒い呼吸が送話口から伝わってきた。

「奥さん、今は選挙中ですよ。そっちも忙しいかもしれませんが、こっちも火事場騒ぎなのです。そんなときに、カネを持ち逃げされた責任がどうとかというような愚にもつかない電話は迷惑ですよ」

戸原はぴしゃりと言った。

「まあ……。まるで、わたしが悪い、と言わんばかりね。いいわ、選挙がすんだら、覚えてらっしゃい」

初枝はそう言うと、電話を切った。

戸原はその夜、恭子のところに一泊して、主田派の議員三人の選挙区を順番に訪れた。

主田が体調を崩して来られない、と言うと、三人はそれぞれ顔を曇らせたが、陣中見舞を差し出して、主田に百万円上乗せさせた、と言うと、三人は押しいただいて、素直に喜んだ。

戸原が三人のところを歩いて、選挙区に入ったのは、選挙が始まって、七日目だった。選挙戦は激戦の中盤に突入していたが、すでに終盤の様相を呈していた。

選挙事務所は独得の緊迫した雰囲気に包まれていた。

七郎も八郎も、選挙事務所に若い者と一緒に雑魚寝《ざこね》をして頑張っている、という。

事務所には、初枝の顔は見えなかった。

「奥さんは？」

二階の個室で軍資金の一千万円を渡しながら岡村に尋ねる。

「金をとりに東京へ行ってくる、と言って出てったきり、ナシのつぶてなんだ」

岡村は顔をしかめた。

「七月に入ってすぐに、カネを持って現われるのじゃないかな」

「遅くなってカネをまいても効果はないんだ。もっとも、パンクするよりゃましだけどね」

「七月初めなら、まだ、間に合うだろう」

「ぎりぎりだな。とにかく、今回は激戦だけに、取締まりの目も厳しくて、やりにくいよ。投票日の前々日には、メモ類などはすべて焼却処分にするつもりだ。万一、家宅捜索を受けても、何もないようにしておく」

「どうしても必要な書類は焼くわけにはいかないだろう」

「選挙区外の女房の弟に預かってもらうことにしている。選挙の最終日の朝、女房に届けさせる手はずをとっている」

岡村は真っ白になった頭を手で撫でた。

「しかし、奥さん、カネをつくれるのか」

その手をとめて、真顔で尋ねる。

「先生は隠し金を持っている。それを出すだけだから、時間はかからないはずだ」

「ほう、隠し金を持っているのか」

「五千万は持ってるのじゃないかな」

「ほう、そんなに持ってるのか。だったら、さっさと出せばいいのに」

岡村は肩を怒らせた。

「今月中に、奥さんが、二千万持って帰って来てくれると、勝てる」

数呼吸してから、岡村はボソリ、と言った。

「酒巻と玉本の動きが、ピタリと止まってしまったんだ。今が、この両方を叩くチャンスなんだ。今カネをまけば、確実にとれる票がいくらもある」

「というと？」

「今回は、ダブル選挙が確実視されるようになってから、公示まで、長すぎたよ。酒巻のところも玉本のところも、早くから動きすぎた。公民協力におびえて、派手にやりすぎた。

それで、タマ切れになってしまったんだ。終盤になれば、かき集めた金を使いはじめるはずだが、今は動きがとれないのだ。パンクしたとは言えないが、それに近い状態にあるのは確かだ」

「うちは出足が鈍《にぶ》かったが、細々ながら、タマは続いているからね」

「今夜、この一千万円で、酒巻と玉本が動けない隙に、二千票はとれる」

「確実に、か」

「確実だ。昨夜、移動飲食店組合のボスのところに顔を出してみた。今回はどこからも票を買いに来ていないそうだ。ああいった広がりのない票を買うのは、一番あとまわしだからね。まず、票の広がるところに金を使うのが常識だ。今回は広がりのない票を買うところまで行かないうちに、どこもみな、タマ切れになってしまったのだ。そういった票が、各地に残っている」

「早く買いすぎて、終盤に、酒巻や玉本が、買い直しに行って、逆転されないかね」

「ところが、不思議なもので、そういった広がりのない票は、義理堅いんだ。あとから、二倍、金を持っていっても、今回は主田先生のところと約束しちまったからダメです、と断わってしまう」

「なるほどね」

戸原は感心しながら、岡村の話を聞いた。

「今のうちに、広がらない票でもおさえてしまえば、僅少差《きんしょう》で勝てる、とオレは睨んでるんだ。白川の話を聞いたが、こんな大事なときに、まったくひどいことをするものだよ。しかし、盗《と》られた金をとやかく言ってもはじまらない。こうなったら、奥さんが持ってくる金が、いつ着くかが、勝負の分かれ目だ」

睡眠を極端に切り詰めているせいか、岡村の目は血走っていた。

4

本来なら、東京との間をもう一往復して、資金を運ぶところだが、その役を初枝がしてくれる、というので、戸原は選挙区に居すわることにした。

第一秘書がいる、という話を聞いて、さまざまな人間が、面会を求めてきた。

その大半は、カネ目当ての者だった。

選挙があるときだけ、タブロイド判の怪しげな新聞を発行するアル中の男。三十票はオレの一存でどうにでもなる、とホラを吹いて一票三千円で買わないかと持ちかける誇大妄想的選挙ゴロ。信者三百人を持つ祈禱師《きとう》と話をつけてきたから、一緒に行って十万円をお供《そな》えしてくれ、と言う薄汚れた男……。

そういった連中が、次から次に面会を求めてくる。

戸原は、殺到する五流六流の人間たちに音《ね》をあげてしまった。

「それじゃ、東京に帰って、七月四日の総決起大会に出てくれる、タレントと文化人を探してくれないか。案外、酒巻と玉本はパンクをしてしまって、終盤の反撃はないかもしれない。青菜に塩の連中を尻目に、うちは最後に派手な花火を打ち上げる。これで、スタートと同時に先生がけつまずいた遅れを一気に取り戻す」

岡村はそんな戸原を見ながら、ニヤニヤしながらそう言った。

「タレントと文化人だな。分かった」

戸原はホッとして、東京に帰った。

早速、タレント探しをはじめる。

いくら人気があっても、選挙権のない未成年に人気のあるタレントは選挙には向かない。

結局、戸原は十年ほど前の人気歌手と、落語家と、経済評論家の三人に白羽の矢を立て、七月四日に飛行機で選挙区に連れて行くことにした。

そのことを電話で岡村に伝える。

「奥さんは?」

「きょう、やっと来たよ」

「カネは?」

「持って来たが、腹が立ったな。二千万は必要だ、と言っておいたのに、千五百万しか持って来ないんだ。そっちから連れてくるタレントのギャラや飛行機代は戸原君のほうで持ってもらわないと……」

岡村は腹立たしそうに言う。

「いいよ。こっちで何とかする」

「助かるよ。今度のカネには、終戦処理代の前払い分も含まれるんだ。人件費とかメシ代、家賃や車の借上料は、最終日の午前中に精算してしまうからね。電話料とかはあとで払うが、目ぼしいものの精算は最終日の運動が終わる時間までに、全部支払ってしまう。もしも、家宅捜索が入るとすると、選挙運動終了と同時だからね。今回はオレも相当危ない橋を渡ったから、しょっ引《び》かれるのは覚悟してるよ。ただ、証拠は残しておきたくないのだ。証拠さえなけりゃ、知らぬ存ぜぬ、で突っ張れるからね」

「こっちも、必死で最後のかき集めをやっているから、そのカネはそっちで全部使ってもいいよ」

「そう言ってくれると助かるよ」

岡村はホッとしたように溜息をついた。

戸原は歌手と落語家と経済評論家を連れて、七月四日に選挙区に入った。

相変わらず、酒巻、玉本の両陣営は音無しの構えだという。

「よほど、東京で、カネが集まらないのだな」

岡村は二千人が入る市民会館を埋めつくした会場を舞台の袖から眺めながら、そう言った。

「これで、主田は百パーセント勝つ」

自分に言い聞かせるように言う。

「その後、白川から、何か言って来たかね」

「まったく連絡はナシさ」

「妻子は？」

「独身でね、どこへ行ったかも分からない。もっとも、こっちも忙しくて、本気になって探そうとしないからね」

「二千百万の持ち逃げで、人生を棒に振るとは哀れなヤツだな」

「国際経済研究所に拾われたときから人生を棒に振ってたのかもしれない」

「そうかもしれないなあ。オレなんかも、主田の秘書になったときから、自分の人生を棒に振ったような気がするよ。君は、政界という目標があるから、まだいい。オレなんか、目標なんか、何もないものなあ」

「そんな哀しいことを言わないでくださいよ。それより、ぼくが出るときも、お願いしますよ」

戸原はそう言った。

「ああ」

岡村は生返事《なま》をした。戸原の言葉を本気にはとっていないような返事の仕方だった。

しかし、戸原は、敢《あ》えて念を押さなかった。今はそんな話をしている場合ではない。

当面は、この選挙を勝ち抜くことが目標だった。

総決起大会は素晴らしい盛り上がりを見せて幕を降ろした。

「ご苦労さま。さあ、あと一日。褌《ふんどし》を締め直して、最後の一日を頑張ってください」

岡村は出口で客を送り出すと、裏方をつとめた運動員たちに、ねぎらいの言葉をかけた。

最後の一日は、これまでになく慌ただしかった。選挙カーは主田を乗せて、声をからして大票田の市部を駆けまわった。

選挙事務所では、アルバイトの女の子が全部の電話にかかりきりで、最後の売り込みに懸命だった。電話作戦は投票日の投票が終わる時間まで続けるのだ。

岡村は、午前中にあらかたの支払いをすませ、午後からは、昨日、焼却し残した書類や昨日からきょうまでにできた書類を焼却した。

夜に入ると、幹部を集めて、投票所への狩り出し作戦を練る。

投票所までの足の便が悪い所や、老人などの足の悪い人には車を出して投票所へ運ぶのである。

どの車はどの地区に何時から何時まで、と次々と配車を決める。

こうした、キメ細かい最後の詰めをやらないと、票は獲得できないのである。

すべての手配を終えた岡村と戸原が宿舎のホテルに引き揚げたのは、午前三時近い時間だった。

5

七月六日、午後六時で投票は締め切られ、七日午前八時から、開票が始まった。

今までは即日開票で午後十時過ぎには大勢が判明したのだが、今回は、酒巻、葦岡《あしおか》、玉本、主田、小村が横一線に並び、誰かが強い地盤の地区の得票で頭ひとつ抜け出しても弱い地区で並ばれる、というありさまで、午前十一時になっても、当確は出なかった。

正午をまわったところで、新人の小村に当確がついた。

これで、現職のひとりが落選することが確実になった。

選挙事務所に緊張した空気が流れた。

正面の壁に、候補者の名前を列記した紙が貼られ、選管から新しい発表があるたびに、その下に票数が記入された紙が貼られていく。

午後一時近くになって、社会前の葦岡の当確が確実になった。

いよいよ、現職の自民三人のうちのひとりの落選が確実になる。

「ぎりぎりで、ウチは勝つよ」

岡村は支持者が動揺する中で、ひとり、落ち着いていた。

午後一時四十分、酒巻が当確を決める。

貧乏クジを引くのは、玉本か主田のどちらかである。

酒巻が当確を決めた時点で、主田は玉本を百票ほど上回っていた。

しかし、百票ぐらいは簡単にひっくり返される。

当確を決めた酒巻と主田の票差はわずか二千票だった。

そこから、玉本と主田の票がふえはじめた。両者は抜きつ、抜かれつで、酒巻の票に迫る。

開票が九十八パーセント終わった時点で、玉本が主田をわずか五十票、抜いていた。玉本と酒巻の差は七百票になり、酒巻の当確が消えた。

あとは、残票整理である。

結果は最終発表まで持ち越され、午後三時過ぎに、玉本と主田が、僅少差で酒巻を抜き返して、当選を決めた。

選管の最終発表は、次のとおりだった。

①小村久平（民社新）一一一、三八九票
②葦岡吾郎（社会前）一〇〇、九九二票
③玉本国郎（自民前）九五、七六四票
④主田五一（自民前）九五、六七九票
(次)酒巻健夫（自民前）九五、五九一票

三位の玉本と次点の酒巻まで、その差は二百票を切る激戦だった。

選挙事務所に残っていた五十人足らずの後援会の幹部は、万歳をしたが、その声は疲れ切っていた。

主田も初枝や七郎、八郎と一緒に、最後まで票の行方を見つめていたが、その顔面は蒼白で、まるで、選挙に敗れたようだった。

万歳を受けるために、両側から、七郎と八郎に支えられ、よろめきながら正面の日の丸の前に立ったものの、支えられていなければたちまち崩れ落ちそうだった。

選挙前と選挙後では、十歳以上も老《ふ》け込んだ感じがした。

「お疲れさまでした。きょうはみなさん、お帰りになって、ごゆっくりお休みください。祝勝会は、あすの午後二時から、ここで行ないます」

選挙事務長の絵崎県議がカラ元気を出してそう言い、戸原も宿舎のホテルに引き揚げた。

少しうとうととして目をさました戸原は、眠っている間に順位が入れかわって、主田が落選したのではないか、という気がした。

テレビをつけて、開票結果を見る。

票数に間違いはなく、主田は最下位で当選をしていた。

午後四時には、テレビの取材の申し込みがあり、戸原は着替えをして、選挙事務所に向かった。

万歳のフィルムをとる、というので、後援会の幹部が急いで呼び集められた。

午後五時から、選挙事務所で主田を囲んで万歳をするシーンがフィルムにおさめられ、一時間後には放映された。

初枝はその席には顔を出さなかった。

その席だけではなく、翌日午後二時からの祝勝会にも欠席した。

疲れているからゆっくり休みたい、と言うのだ。

「選挙が終わった途端にわがままが出たな」

岡村はそう言って、苦笑した。

祝勝会で戸原は、おや、と思った。

七郎のそばに、選挙カーのウグイス嬢が寄り添って動かなかったからだ。

ウグイス嬢は、選挙事務所のどの子よりも可愛らしい顔をしていた。

異常な雰囲気の選挙を戦った男女は、強い連帯感の中で結ばれることが多い。

しかし、七郎の女癖は病的である。

また、手を出したな、と戸原は思った。

東京の議員会館には、七郎の子を身ごもっている松本園子がいる。

もちろん、自宅には妻がいる。

ウグイス嬢と松本園子の三角関係がスキャンダルに発展する可能性は大であった。

特に、ウグイス嬢との親密さぶりは、事務所に集まっている全員が目撃者であり、その事実は否定のしようがない。

となると、主田の後継者として、名乗り出てくるのは、八郎だな、と戸原は思った。

「先生と奥さんは今夜のブルートレインで帰るそうだ。キップはとった。八郎さんも同行する。君はどうする?」

祝勝会が盛り上がってきたときに、岡村が戸原に近づいて来て、尋ねた。

「先生が帰るのに、こっちにいても仕方がない。今夜の最終の飛行機で帰ろう」

戸原はそう答えた。

当然、すでに知っているだろうが、春美に主田の当選を伝えてやりたかった。

「最終の航空便か」

岡村は顔をしかめた。

「何か？」

「同じ便で七郎さんも帰る」

「いいよ、一緒で」

「ところが、あの女も一緒なんだ」

岡村はウグイス嬢に顎をしゃくった。

「いつ、できたんだ」

「選挙が始まって、すぐだよ。選挙がすんだら東京を案内してやる、と七郎さんが約束をした、と言うんだ」

「それじゃ、そのひとつ前で帰るか」

戸原はいかにも垢《あか》抜けない服装のウグイス嬢を見ながら、そう言った。

ウグイス嬢が捨てられるのは時間の問題である。そうすれば騒ぎが持ち上がる。そのときに、戸原はかかわりあいになりたくなかった。

9章　スキャンダル

1

主田代議士は、当選して東京に帰ってくると、休養、と称して、東京医大の付属病院に入院した。

いつもなら、周囲が口やかましく入院をすすめても、けっして首を縦《たて》に振らない主田が、誰にも言われないのに、さっさと入院したのは、公示当日に倒れたのが、よほど気になっていたのだろう。

選挙が終わり、当選したものの、選挙中の無理がもとで急死する政治家は少なくない。そのために、せっかく蹴落としたライバルが、次点から繰り上げ当選になることも珍しくない。

主田は年を考えて大事をとったらしい。

主田が入院すると、戸原は、毎日、朝と夜の二回、病院を訪れるのが日課になった。

朝は午前十時に顔を出してその日の指示を仰《あお》ぎ、夜は午後七時にその日一日の報告を行なう。

主田は付添人が泊まり込める特別室に入院していて、午前中は疲れをとるための点滴を受けるのが日課だった。

戸原は主田が入院した翌日、主治医で内科の主任教授である宇治《うじ》に挨拶をした。

「ちょっと」

宇治は戸原に目配せをして、ナースセンターに連れていった。

「患者さんには、単なる疲れ、と言ってありますが、心臓も弱っているし、肝炎の症状も出ていますから、激務は限界ではないでしょうか。これ以上、無理をなさると、ちょっと……」

宇治は看護婦に主田のカルテを持ってこさせて、首をひねりながらそう言った。

「すると、引退をさせたほうが、よい、と？」

「いやいや、そうは申し上げておりません。政治のことは私にはよく分かりませんから、引退を云々《うんぬん》できる立場にはありませんが、激務はよろしくない、ということだけは確かです」

宇治は額《ひたい》に皺《しわ》を刻んだ。

「安静にしていただくのが一番ですが、そうもいかないのでしょうね」

「政治家は選挙でなくても激務ですから」

戸原はそう答えながら、主田が今期限りであることを確信した。

病気になった政治家は政界では通用しない。政界では、どこよりも強靱《きょうじん》で健康な肉体が要求されるのである。

当初、主田の入院は、一週間の予定だった。

しかし、宇治教授は、検査の結果、疑わしいところが出て来たので、さらに、十日、入院を続けるように、と主田に指示した。

しかし、主田は宇治を振り切って、予定どおり一週間で退院してしまった。

疲れをとるための入院、と周囲に説明しての入院だったから、一週間で退院し、健康な体に戻ったことを周囲に誇示する必要があった。

主田が退院した日に、永田町ロイヤルビルの国際経済研究所に、第二秘書の大村がやってきた。

「来年の県議選に立候補するために、秘書を辞めて田舎に帰りたいと思いまして」

大村はそう言った。

ダブル選挙の選挙戦の間中、大村は地元に張りついて、主田の票を掘り起こしながら、顔を売って歩いていた。

その余熱がさめない今、地元に帰りたい、と言う。

「賛成だ。後援会の結成式には、必ず出席するから、連絡してくれ」

「ありがとうございます」

「オヤジには?」

「これから話します。まず、戸原さんにご相談してから、と思いまして」

「それじゃ、僕から主田に言って餞別《せんべつ》を用意させるよ」

「何から何まで申し訳ありません」

頭をさげてから、大村は体を近づけた。

「議員会館では、七郎さんと松本園子がモメていますよ」

「七郎が選挙中にウグイス嬢に手を出したのがバレたのだろう」

「それもありますし、コレのこともありましてね」

大村は腹のところで前方に突き出すように円を描いた。

「園子が産む、と言うのだろう」

「あれっ、ご存じだったのですか」

「そろそろ四カ月になるはずだ」

「七郎さんは、おろしてくれ、となだめたり脅したりしていますが、松本園子は本気で産むつもりですよ。先生が退院したら直訴する、とも言っていましたから」

「君の前で喧嘩をするのか」

「議員室に入りこんで喋っているのですが、感情的になると声が大きくなるでしょう。聞くまいと思っても聞こえてきますよ」

「まあ、産もうと産むまいと、七郎の個人の問題だ。自分でまいたタネは自分で刈るしか仕方がないな」

「そうですね」

大村は、秘書を辞めて県議に出ることを、戸原が快《こころよ》く認めてくれたので、晴れ晴れした顔をして、帰っていった。

2

国際経済研究所の金庫の中には、入ってきた会費や当選祝い、選挙後にかき集めたカネなどを合わせて、三百万円を超す現金があった。

幸い違反の摘発には引っかからなかったので、余分な後始末にカネをかけずにすみそうだった。

大村が相談に来た翌日、主田はいつものように、議員会館から、すぐに来てくれ、と電話をしてきた。

「大村君が辞めたい、というのだ。君もここへ来て慰留してくれないか」

そう言う。

戸原は三百万円を大判の茶封筒に入れて、議員会館に向かった。

主田の部屋のドアを開けると、いきなり、主田の怒鳴る声が聞こえてきた。

秘書室との境のドアは閉め切られているが、怒鳴り声は容赦《ようしゃ》なくドアを突き抜けて聞こえてくる。

大村が入ってきた戸原を見て、両手を広げて首をすくめてみせた。

お手あげですよ、とその顔が言っていた。

そのそばで、松本園子がうつむいている。

戸原は議員室の境のドアをノックして、返事を待たずにあけた。

主田は応接セットの両袖椅子に腰をおろし、ソファに腰をかけた七郎に罵声《ばせい》を浴びせかけていた。

戸原が入っていくと、主田はバツが悪そうな顔をして、七郎に、続きは今夜、家に帰ってからだ、と吐き捨てるように言う。

七郎は暗い表情で会釈して、秘書室に出て行った。戸原は境のドアを閉めた。

「すわれ」

主田は七郎が腰をかけていた場所を顎で示した。

「大村君からは、私も話を聞きました」

戸原は腰をおろしながら、三百万円の入った茶封筒をテーブルの上にのせた。

「県議になりたい、という大村君の夢を、ここらで叶《かな》えてやったらどうでしょう」

「しかしだな……」

主田は渋い顔をした。

「先生が現職の県議を優先したい、というお気持ちは分かります。しかし、このままでは、先生の次の選挙が危ないのは火を見るよりも明らかです。次の選挙では、大村君が掘り起こす新しい票が必要です」

主田の次の選挙はないことを承知で戸原はそう言った。

主田は苦しそうな顔をして、そっぽを向いた。

最下位で紙一重の差で当選したのを思い出したのだ。

「先生ご自身が落選してもよい、とお考えでしたら、現職優先でも構いませんが」

とどめを刺すように言う。

「分かったよ。背に腹はかえられん」

主田はそっぽを向いたまま、吐き捨てるように言った。

「それでは、これを、先生から大村君に、餞別として渡してください」

戸原はテーブルに置いた茶封筒を主田の前に押し出した。

「いくら入ってる?」

主田は茶封筒に触れようともせずに尋ねた。

「三つです」

「三百万か」

「そうです」

「そんなにもか。多過ぎはしないかね」

「これまでの大村君の働きを考えたら、むしろ、少な過ぎると思います」

「そうかな。オレは多過ぎると思うが」

主田は不服そうに戸原を見た。

どうせ、自分のカネではないのだから、ケチケチすることはないでしょう、という言葉が喉元まで出かかったのを、戸原は辛《かろ》うじて飲み込んだ。

その表情を素早く読み取って、主田は戸原から目をそらした。

「おーい、大村」

二度ほど大きく息を吸い込んでから、主田は大村を呼んだ。

「何でしょう」

ドアをあけて、大村が顔を出した。

「そこを閉めて、こっちへこい」

主田は顎《あご》で自分の向かい側の両袖ソファをしゃくった。

長方形のテーブルの長いほうの端と端に、大村と主田は向かい合った。

「君の辞任を認めるよ」

「ありがとうございます」

大村は頭をさげた。

「少ないが、これは餞別だ」

主田は茶封筒をつかむと、大村の前に放《ほう》った。

大村は戸原を見た。

「貰っておけよ」

戸原はうなずく。

「ちょうだい致します」

大村は主田に頭をさげて、茶封筒を受け取った。

「オレは戸原と話があるから、しばらく、この部屋には、誰も入れないように」

主田は犬を追い払うような手つきで、大村を追い出した。

大村が議員室を出て、ドアを閉めると、主田は戸原のほうに体を乗り出した。

「実は、松本園子が七郎の子を妊娠した、と言うんだ」

主田は小声になった。

「七郎を詰問したら、松本園子との関係を認めたから、さっき叱り飛ばしたのだが、叱るだけでは問題は解決しない」

主田は苦《にが》虫を噛み潰したような顔をした。

「カネを渡しておろさせればどうですか」

「ところが、松本園子は絶対におろさない、と言ってるそうだ」

「先生が説得なさったらどうですか」

「オレに頭をさげろ、と言うのか」

「そうです」

「できないよ、そんなことは」

「でも、彼女が産めば、先生の孫になるのですよ」

「そんな……。そんな孫は認められん」

「とにかく、もみ消さなければ、大変なスキャンダルになりますよ」

「君、松本園子と話し合って、何とかもみ消してくれ。一任するよ」

主田は苦しそうな顔をして、戸原を見た。

3

戸原は松本園子を連れて、国際経済研究所に戻った。

奥の別室で松本園子とふたりだけになる。

「話は聞いたよ。どうしても産むそうだね」

戸原は優しい声を出した。

「産みたいのです」

「私生児を産めば、一生、結婚できないかもしれないよ」

「いいんです。結婚しようとは思いません」

「主田先生から、この問題を解決するように一任された」

「そうですか」

松本園子は戸原を睨みつけた。

「そう睨むなよ。僕は、別に、主田先生や七郎さんの味方じゃない。むしろ、秘書同士という立場で君の味方だよ。僕は君が望む方向で問題を解決しようと思っている」

戸原は優しく言う。

「七郎さんは、とにかくおろせ、の一点張りなのです。でも、わたしは、おなかに宿った小さな命を殺すことはできませんわ」

松本園子は戸原の言葉に涙ぐんだ。

「だったら、産めばいい。でも、子育ては大変だよ。特に、女手ひとつで育てるのは」

「覚悟しています。充分に考え抜いてから出した結論なのです。産む、ということは」

園子は自分を励ますように、大きくうなずいた。

「七郎さんに、生まれた子を認知させるのかね」

「できれば、認知してほしいのですが、認知してくれるでしょうか」

「認知しない、と言ったら、裁判所に訴え出ればいい。そうなったら、僕が優秀な弁護士をつけてやるよ」

「本当ですか」

不安そうに戸原を見つめていた園子の目が、初めて輝いた。

「僕は君の味方だ、と言っただろう」

「はい」

「生活費や養育費はどうする？」

「生活費は自分で稼ぎ出します。でも、議員会館をクビにされたら、面倒をみていただかないと困ります。養育費は父親としていくらかはみていただきたいと思います」

「当然だな、その要求は」

戸原は園子の肩に手を置いた。

「ほかに、要求することはないかね」

「ありません」

園子は首を振った。

「主田先生のお考えは、どうなのですか」

しばらく考えてから、不安そうに戸原に尋ねる。

「カネで解決したがっている。百万か二百万で君を説得し、子供をおろさせて、議員会館をお払い箱。これが、先生の考えさ。僕がうまくその線で君と話をつけるもの、と思っている。でも、僕はそのつもりはない」

「すると、わたしが産むことを認めた上に、認知と養育費の一部負担、という条件をのんだら、叱られるわね」

「僕が叱られるのは筋違いだよ。不手際を起こしたのは七郎さんだからね」

「七郎さん、選挙の手伝いに行って、アナウンスやってた女の人ともできたのよ」

「知っている。心ある人は、みんな、顔をしかめていたよ」

「優しいのよ、七郎さんって。だから、わたしたちみたいなバカな女が引っかかるのよ」

園子は自嘲するように顔を歪《ゆが》めた。

戸原は机の上の電話をとり上げて、議員会館の主田に電話をした。

「やはり、産むそうです」

結論を先に言う。

「今夜、八時から、自宅でその問題を話し合うことにしている。君も出てくれ」

来客中らしく、主田はそう言うと電話を切った。

「今夜、先生の自宅に呼ばれたよ。そこで、主田側は結論を出すらしい」

「ご迷惑をおかけして、すみません」

園子は頭をさげた。

「七郎さんが何を言おうと、私の結論は変わりませんわ」

戸原を見て、キッパリと言う。

「僕からひとつだけ、頼みがある」

「何でしょうか」

「このことはマスコミには伏せておいてほしい」

「やはり、戸原さんは先生の味方なのね。スキャンダルが表面に出るのを防ぎたいのでしょう」

「当分の間、伏せておいてほしいのだ。時機がくれば、オープンにしてもいい」

「時機がくれば？」

「そう先のことじゃない。ここ、一、二年だけ、伏せておいてほしいのだ」

「分かったわ。一、二年間だけ伏せておけばいいのね」

園子は不承不承うなずいた。

どうやら、その表情からすると、園子はマスコミをバックに戦うつもりだったらしい。

4

主田邸の応接室では、初枝が金切り声で戸原を攻撃していた。

主田は相変わらず苦虫を嚙み潰した顔をしていたし、当事者の七郎は他人事《ひとごと》のように迷惑そうな表情をしている。

「子供は産むから認知しろ、議員会館は辞めない、養育費は一部負担しろ、なんて、まるでのめないわよ。こちらとしては、子供をおろさせて、手切れ金を渡し、議員会館にもうちにも一切出入りさせない、という条件じゃなきゃダメよ」

初枝はテーブルを叩いて叫ぶ。

「大村に三百万円出したとして、まだ、君のとこの金庫には百万ぐらいあるだろう。それを渡して終りにしろよ」

黙っていた主田が口を開いた。

「うちの金庫には、四、五万しかありませんよ。手切れ金となると、全額、先生に出していただくほかはありません」

戸原は突き放すように言った。

「それぐらいのお金、あなたがかき集めたらどうなの？ あなた、集金係の秘書でしょう？」

初枝は戸原に食ってかかった。

「百万円はおろか、五百万円出しても、一千万円出しても、あの子はおろしませんよ。先生と奥さんの孫を産んで、七郎さんに認知を迫るでしょうね」

「孫ですって？」

初枝は飛び上がった。

「七郎さんの子供だったら、奥さんの孫でしょう」

「いやよ、そんな孫」

初枝はそう言ったが、孫という言葉にショックを受けたのか、おとなしくなった。

「彼女は裁判に訴えてでも、七郎さんに認知を迫るつもりだそうですよ」

「裁判？」

主田と初枝は異口同音に叫び、顔を見合わせた。

「裁判に持ち込まれれば、七郎さんに勝ち目はありません」

「そんな、裁判だなんて。それは困るよ、君ィ」

主田は弱気の表情を覗かせた。

「彼女はマスコミに洗いざらいぶちまけるつもりのようでした。マスコミがこういったスキャンダルに飛びつくのを計算の上です。それに、マスコミが取り上げれば、彼女は一躍、時の人ですからね。でも、マスコミにぶちまけるのはやめさせました」

「マスコミに喋られたら七郎の一生は台無しよ」

初枝は園子の一生を台無しにした息子のことは棚に上げてそう言った。

「それをやめさせるだけで精一杯でしたよ」

「だから、認知も議員会館の仕事も養育費の一部負担も、のめ、と言うの？」

「やむを得ないでしょう、奥さん」

戸原は乗り出していた体をソファの背もたれにもたせかけた。

「ああ、いやだ、いやだ」

初枝は両手で頭を掻きむしった。

「春美の夫の坂井さんも七郎も、どうしてこう女癖が悪いのでしょう。きちんとしているのは、八郎だけだわ」

そう言って七郎を睨む。

七郎は憮然とした顔でそっぽを向いた。

「松本園子は議員会館に続けてつとめたいそうだが、要は生活費が稼げればいいのだろう? それだったら、国際経済研究所でもいいはずだ。このまま、議員会館に置いておくわけにはいかないよ。未婚の母になってみろ、噂は議員会館を駆けめぐって、マスコミがすっ飛んでくるからな。松本園子を君の国際経済研究所にやるから、君のとこの細川千枝子を議員会館に寄越してくれ」

主田はあきらめたように言った。

「分かりました」

戸原はうなずいた。

主田が言い出さなければ、戸原がそう言おうと思っていたことだった。

「七郎、今度は細川千枝子に手を出すなよ」

主田は七郎を見た。

「分かってるよ。松本園子だって、こっちが手を出したんじゃない。向こうが勝手に抱かれて来たんだ」

七郎は甘えるように初枝に言った。

「大村のあとの第二秘書は七郎なのでしょうね、あなた」

初枝は思い出したように言った。

「そうだ。それでいいな、戸原君」

主田は弱々しく同意を求めた。

「結構ですよ」

戸原はうなずいた。

「本当は、七郎を第一秘書、八郎を第二秘書にするのがいいのですけどね」

初枝は冷たい目で戸原を睨んだ。

「戸原さん、県会議員か市会議員に出る気はないの？」

皮肉たっぷりに言う。

「その気はありませんよ。参議院というのであれば、考えますけどね」

戸原は初枝の視線をはね返した。

「ダメだ。戸原が出る、と言っても、オレが許さん。今、戸原君に辞められたら、オレは政治家をやっていけないからな」

主田は戸原と初枝の話に割って入った。

「七郎さん、あなたの仲間の不良に頼んで、松本園子のおなかを殴らせたらどうなの。そうすれば、簡単に流産するでしょう」

突然、初枝は恐ろしいことを口にした。

「そんな……」

七郎は呆然として初枝を見た。

「戸原さん、暴力団に知り合いはないの？　十万円も出せば、女の子の腹を殴るぐらい、すぐにやってくれるでしょう」

「おいおい、つまらんことを言わないでくれ」

戸原が答えるより前に、主田がたしなめた。

「だって、このままでは、七郎が大変なことになるのですよ」

初枝は眼尻を吊り上げた。

「とにかく、バカなことは言うな」

たまりかねて、主田は初枝を一喝した。

5

翌日、園子と千枝子の配置替えが行なわれた。

数日して大村が議員会館を去ると、七郎が第二秘書として登録された。

同時に、初枝の強い希望で、八郎も議員会館の部屋に私設秘書として詰めるようになった。

永田町ロイヤルビルの国際経済研究所は、戸原と金崎恭子と園子の三人だけになった。

恭子は思い出したように、選挙中に二千百万円の現金を持ち逃げした白川のことを話題にしたが、当然のことながら、白川からは何の連絡もなかった。

事務所に届けていた住所には住んでおらず、行方《ゆくえ》もまったく分からなかった。

主田も白川の行方を探そうとはしなかった。

政界では、秘書がカネを持ち逃げするのは珍しいことではない。

汗水を流さなくても政治家のところには、百万単位でカネが入ってくる。そんなカネを扱っているうちに金銭感覚が狂ってしまって、罪悪感もなしにカネに手をつけてしまう。

持ち逃げも使い込みも日常茶飯事で、あまり深く追及されないという不思議なところが政界なのだ。

深く追及すると、かえって政治家が秘密を暴露されて窮地に追い込まれることにもなりかねない。

持ち逃げされたり、使い込まれた政治家の側にも、暴露されたら困る弱点があることが多い。

恭子が白川のことを話題にするたびに、戸原はそう言った。

「園子さんに優しくするから、ヤキモチは焼かないでくれよな。何しろ、彼女は七郎さんが主田の後継者として名乗りを上げたときに、追い落とす唯一の切り札だからね」

園子が来てからすぐに、戸原は恭子にそう言った。

初枝が、暴力団を雇って園子の腹を殴らせろ、と言ったことを話し、来客の応対には、特に注意をするように、とも言う。

「先生の奥さんって、凄いことを考えるのね」

恭子は蒼ざめて、そう言った。

「ガードマンを兼ねて、ひとり、男性を入れたらどうかしら」

「確かに、僕が外出したら、女ばかりで不用心だな」

戸原は白川の後釜を補充する気になった。

だからといって男なら誰でもいい、というわけにはいかない。

戸原は心当たりを探して、友人の弟で、勤めていた会社が倒産してぶらぶらしていた菊《きく》池一馬《ちかずま》を補充した。

戸原は園子には特にやさしく接した。

夏負けをしないように、栄養をつけて夏を越すように、と時折そっと一万円札を握らせたりもした。

「お気にかけていただいてありがとうございます」

園子はその都度、目をうるませて感謝した。

「わたしにできることがあれば、何なりとおっしゃってください。ご恩返しになることがあれば、何でもいたしますから」

そうも言う。

切り札の園子を手なずけて、戸原は主田の後継者として立つ自信を深めた。

主田も七郎も、園子と顔を合わせたくないのか、永田町ロイヤルビルには寄りつこうとしなかった。

「七郎さん、時には、電話ぐらいかけてくるかね」

一カ月ほど経ってから、戸原は園子に尋ねた。

「いいえ」

園子は寂しそうに首を振った。

「もう、私には興味ないのですわ、きっと。今頃は、細川千枝子さんを追いかけて楽しんでいると思いますわ」

「まったく、あの男、何を考えているやら」

戸原は首をかしげた。

戸原が園子という切り札を握っている限り、後継者争いで七郎に勝ち目はないのだ。

父親のツルのひと声で七郎が後継者に決まっても、園子のスキャンダルを戸原が持ち出せば、選挙に出るわけにはいかなくなるのだ。

七郎はそのことに気がついていないらしい。

あるいは、生まれる子供を認知して、養育費の一部を負担すれば、園子がスキャンダルをマスコミにバラすはずはない、と安心しきっているのかもしれない。

夏を越すと、主田は急速に衰えが目立つようになった。

階段を上がるのをいやがるようになり、ちょっとした小石にもつまずいて、よろめくことが多くなった。

十月に入ると、衰えはますます顕著になり、言語が不明瞭になり、忘れものをすることが多くなった。

そんな十月の半ばを過ぎたころ、主田は午後六時をまわった時間に、自宅に帰るために議員会館の部屋を出た。

運転手をつとめる八郎が地下の駐車場に車をとりに行く。

議員専用エレベーターの前でエレベーターを待っているときに、戸原は隣りのエレベーターで上がってきて、主田を見つけた。

戸原は主田から、ちょっと来てくれ、という電話を受けてやってきたのだ。

主田は戸原を呼びつけておいて、それを忘れて、帰ろうとしていたのだ。

五分ほど立ち話をしたが、話が長引いたので続きは部屋で腰をおろしてしよう、ということになって、主田の部屋に引き返す。

しかし、ドアは鍵がかかって開かなかった。

「おかしいな。今まで、中に七郎と細川君がいたのに」

主田は首をひねった。

「マスター・キイを持って来させましょう」

戸原は隣りの部屋に入り、電話を借りて、入口の事務所に電話をして、主田の部屋をマスター・キイであけるように言った。

三分ほどで事務員がマスター・キイを持ってきた。

事務員を帰して、主田はドアをあけた。

室内は灯《あかり》がついたままで、奥の議員室から、押し殺したような呻《うめ》き声が聞こえた。

主田は唇を結んで議員室に近づき、境のドアを勢いよく開いた。

ソファで裸の男女がからみ合っていた。

「あっ……」

男と女は同時に叫んだ。

入ってきた、主田と戸原を見る。

男は七郎で、女は細川千枝子だった。

「うっ……」

主田は顔面を真っ赤にし、怒りに全身をわなわなと震わせた。

七郎はゆっくりと女からはなれ、バツが悪そうにパンツをはいた。

女は急いでワンピースを頭から着て、うしろを向いてパンティをはいた。

主田の体がぐらりと揺れ、頭からソファに倒れ込んだ。

「キャーッ!」

千枝子が悲鳴をあげる。

「先生!」

戸原は主田に駆け寄って、助け起こそうとした。

主田の体は石のように重かった。

10章　引退声明

1

主田代議士が入院した大学病院には、次から次に見舞客が訪れた。

病名は脳溢血《のういっけつ》。それも、軽度のものである。

七郎と細川千枝子が議員室のソファで全裸で情交を行なっている現場を目撃し、怒りと興奮のあまり血圧が上がり、脳溢血を引き起こしたのだ。

右半身が麻痺《まひ》し、言語障害が残った。

人に会って興奮するといけないというので、主治医は面会謝絶の措置をとった。

そのために、見舞客には院長応接室で戸原と初枝が応対し、主田には面会させなかった。

最も多かったのが、政治家仲間で、黒潮会のメンバーはひとり残らず駆けつけてきた。

大学病院の玄関脇にテントを張って受付にし、ここでは、七郎や八郎が客に応対した。

一般の人はここでお引きとりを願い、政治家や財界人は院長応接室に案内する。

テントの中や院長応接室には、見舞客が持ってきた果物籠や花で、足の踏み場もないほどだった。

再起可能かどうか、というのが見舞客の最大の関心だった。

「すぐによくなって、またバリバリやりますよ。脳溢血といっても、軽度のものですから
ご心配には及びません」

戸原はテープレコーダーのように、同じ言葉を繰り返した。

主田が救急車で大学病院に運び込まれると、初枝の希望で付添人の寝泊まりできる特別
室が用意された。

そして、初枝は大学病院に泊まり込んだ。

主治医は患者に会うのは、初枝と戸原だけ、と制限をつけた。

ところが、初枝は戸原も主田には会わせようとしなかった。

「用事があったら、私におっしゃってちょうだい。私が先生に伝えますから」

そう言う。

初枝が妻という立場を活用して、主田と戸原の間に割り込み、ふたりを引き裂こうとし
ているのは見え見えだった。

「政治家というものは、妻にも言えないことがあるものですよ。私は、先生のお許しもあ
るし、必要があれば、先生に直接お目にかかって申し上げます」

戸原は初枝にそう言った。

「あなた、主人を殺す気？」

初枝はけわしい表情で戸原に詰め寄った。

「妻に話せないことって、なあに。女でもいる、と言うの？」

「女なんかいませんよ。そんなことじゃなく、奥さんに話せないこともあるのですよ」

「とにかく、あなたが主人に会うことは禁止します」

「第一秘書を代議士に会わせないという権利は、あなたにはありませんよ。たとえ、先生の奥さんであっても。私は、必要なときには勝手に先生にお目にかかります」

「ふん。生意気よ、あなたは。覚えてらっしゃい」

初枝は凄い目で戸原を睨みつけた。

「あなたが第一秘書として威張ってられるのは主人が代議士である間だけよ。代替わりしたら、あなたはクビね」

憎々しげに言う。

七郎か、でなければ八郎を、何としても主田の後継者にする、という意志が、その表情に剝《む》き出しになっていた。

戸原は一日に一度だけ、主田の病室を覗《のぞ》いた。

戸原を見ると、主田は何事か、懸命に喋ろうとする。しかし、主田の喋ることは三分の一も分からなかった。

ひととおり見舞客が来ると、病院は静けさを取り戻した。

その中で、何度も病院に足を運んできたのは、主田の一の子分の押村代議士だった。

「戸原君。先生は再起できるのかね」

三度目に見舞いに来たとき、初枝は出かけていなかった。

押村は小声で戸原に尋ねた。

「その気があれば、回復はもっと早いと思うのですが」

「いつまでも、病院で寝たっきり、というのは、われわれも困る」

押村は額に皺を寄せた。

「いよいよ、次は、君か？」

押村は戸原の目の中を覗き込んだ。

戸原は無言でうなずいた。

「当然、息子も出てくるのだろ？」

「ええ」

「主田先生の性格からすると、君と息子が後継者として名乗りを上げたら、自分の意思表示はしないだろうな」

「戸原を後継者にする、とは言ってくれないでしょうか」

「たぶん、言わないよ。その代わり、息子が後継者だ、とも言わないだろう」

「先生がはっきり後継者だ、と言ってくれなければ、私は不利です。押村先生から、戸原を後継者として指名したらどうか、とプッシュしていただけませんか」

「戸原君」

「はい」

「代議士のポストは譲られるものではない。奪うものだ。万一、先生が息子に譲ったとしても、奪えばいい」

押村は戸原の肩を軽く叩いた。

「奪うのですか」

「そうだ。禅譲《ぜんじょう》を待つようでは、政治家の資格はない」

「分かりました」

戸原は頭をさげた。

2

主田は二カ月ほどで、杖をついて病室を歩きまわる程度まで回復した。

しかし、言語障害のほうは回復がはかばかしくなかった。

主田は早く退院したいと言ったが、初枝は寒い間は暖かい病院で過ごしたほうがいい、と押しとどめた。

十二月に入ると、戸原は主田派の議員たちに配るモチ代集めに奔走した。

しかし、主田が入院中で、復帰の見通しが立たないこともあって、カネの集まりはいつもの半分程度だった。

それでも、どうにか、ひとりに百万円ずつのモチ代を渡せる程度のカネは集まった。

戸原はそれを百万ずつ、七号の茶封筒に入れ、国際経済研究所で主田派の議員を呼んで手渡した。

「これが最後のモチ代かな」

議員たちはそんなことを言いながら、嬉しそうに茶封筒を受け取った。

「後継者は君で決まりだな」

そう言う議員もいた。

誰もが、主田の復帰はなし、と見ていた。

毎年、年末から主田は夫婦で選挙区入りをして、後援会単位で新年会を行ない、陣営を引き締めるのが恒例だった。

しかし、主田が入院中とあって、今回は恒例の選挙区入りは見送られた。

いつもは、年末から主田が選挙区入りをすると、暇になっていた戸原も、今度は事情が違って、大晦日も元旦も、病院に顔を出さなければならなくなった。

元旦の午前十一時頃、戸原が顔を出すと、主田一族が年始の挨拶に顔を揃えていた。

初枝に七郎夫婦、八郎夫婦、それに、春美の夫の坂井の六人が病室のソファに腰をおろしていた。

　春美が顔を見せなかったのは、夫の坂井と顔を合わせるのがいやだったからだろう。

　戸原はベッドであぐらをかいている主田に型通りの新年の挨拶をした。

「一日も早く体を回復させ、政界に復帰なさってください」

　挨拶の最後に、そうつけ加える。

　主田はじっと戸原の目の中を覗き込んだ。

　ゆっくりと、首を振る。

「だ、め、だ……。こ、ん、き、か、ぎ、り、で、い、ん、た、い、す、る……」

　間のびした言葉が、主田の口をついて出た。

　初枝が勢いよくソファから立ち上がって、ベッドのそばに来た。

「今、引退する、とおっしゃったの？」

　主田の顔をけわしい表情で睨みつける。

「そ、う、だ」

　主田は震える声で言った。

「もう、え、ん、ぜ、つ、が、で、き、な、い」

　主田の目から、ポロリ、と涙がこぼれ落ちた。

「は、な、し、が、で、き、な、い、せ、い、じ、か、は、い、ら、な、い……」

それだけ喋って、主田は肩で大きく息をした。

「可哀そうだわ、あなたが。こんなボロボロの状態で引退だなんて。もう一度、元気になって、活躍してほしいわ」

初枝は主田の膝をつかんで揺さぶった。

「お、れ、も、く、や、し、い。し、か、し、せ、い、じ、か、は、ひ、き、ぎ、わ、が、た、い、せ、つ、だ」

主田はもどかしそうに口を動かした。

戸原は主田が考え抜いて、引退を決心し、元旦にみんなが集まった場所で、その決意を表明したのだな、と思った。

「ほ、ん、ら、い、な、ら、きしゃ……、き、し、や、か、い、け、ん、を、し、て、い、ん、た、い、せ、い、め、い、を、す、る、の、だ、が、い、ま、は、で、き、な、い。き、み、が、か、わ、り、に、し、ら、せ、て、く、れ」

主田は戸原の手をつかんだ。

固く、ごつごつした手だった。

「引退のご意見は分かりましたが、引退声明は、暖かくなって、議員会館に出られるようになってからでも遅くはないと思いますが」

「そうよ。慌ててしなくてもいいわ」

珍しく初枝が戸原に同調した。

「ぎ、い、ん、か、い、か、ん、に、で、ら、れ、る、よ、う、に、な、る、の、を、ま、て、た、ら、に、ん、き、が、お、わ、る」

主田は首を振った。

「分かりました。それでは、私が代わって、今期限りで主田先生は引退する、ということを各社に流します。場合によっては、記者会見で発表するかもしれませんが」

「た、の、む」

「発表の日は、ご用始めの翌日でいいでしょうか」

「い、い」

主田はうなずいた。

「それじゃ、記者会見で発表して。その記者会見には、私も顔を出します。戸原さんがほかのことまで喋ると困りますからね」

初枝がそう言った。

「ほかのこと?」

「後継者は私です。主田先生のお墨付をいただきました、なんて言い出しかねない人ですからね、あなたは」

「そんなことを言うはずはありませんよ」

「とにかく、わたしも記者会見に出席します」

初枝は叫ぶように言った。

3

一月六日の午後一時から、戸原は自民党本部の会議室で記者会見を行ない、主田が元日の朝、今期限りの引退を決め、病気治療に専念することにした、と発表した。

その発表に先立って、黒潮会主田派の議員に国際経済研究所に集まってもらって、主田の引退を伝えた。

全員は、喋れないのなら仕方がない、と引退を認め、主田に代わって押村を中心に結束を固めることを申し合わせた。

「しかし、会の経理はこれまでどおり戸原君にやってもらいたいなあ。戸原君の集金能力には、うちの秘書なんか、遠く及ばないからねえ」

押村はそう言い、国際経済研究所を引き継ぎ、財布は戸原に預けることを決めた。

記者会見には、初枝のほかに、七郎と八郎も同席した。

記者たちからは、引退を決心したときの主田の様子を尋ねられた。

「喋ることができなくなったから、やめる、とおっしゃいました。淡々として、立派な態度でした。随分、お引きとめをしたのですが、政治家は引き際が大切だ、とひとことおっしゃっただけです。頭がさがる思いでした」

戸原はそう言った。

「後継者は決まっているのですか」

次の質問が飛んだ。

戸原のそばで、ハンカチで目頭をおさえ、しきりにカメラのストロボを浴びていた初枝が、パッと顔を上げて、七郎のほうを見た。

「後継者は当然――」

初枝が口を開いた。

それをさえぎるように、戸原は大きな声で言った。

「後継者については、現在のところ、まったく白紙でございます。主田が後継者を指名したことも、後援会で話し合ったこともございません。そういった問題はおいおい煮詰められると思いますが、現時点では白紙でございます」

「でも、当然、身内から後継者は出すことになる、と信じています。血のつながった身内から」

初枝はふたりの息子たちを見た。

「どうなのですか、戸原さん。奥さんは、ああおっしゃっていますけど」

「只今の奥さんのご発言は、あくまでもご自身のご希望でございまして、後継者についてはー度の話し合いももたれたことはなく、また、主田先生によるご指名もございませんので、さきほども申し上げましたように、完全な白紙の状態でございます」

戸原は同じ言葉を繰り返して、記者会見を終えた。

テレビニュースは三十分後にテロップで、新聞各紙はその日の夕刊で主田の引退を報道した。

翌日から、戸原は永田町ロイヤルビルの国際経済研究所ではなく、議員会館の主田の部屋に出勤した。

主田は、もう、選挙を戦う必要がなくなったので、国際経済研究所で軍資金を集める必要はなくなったのだ。

押村は主田から国際経済研究所を譲り受け、戸原にまかせる、と言ったが、戸原には、その前にやらなければならないことがたくさんあった。

第一番目が、新聞で引退を知って、驚いて電話で問い合わせをしてくる選挙区の後援会の幹部への応対である。

後援会の幹部たちは、突然の主田の引退声明に戸惑いながら、早く後継者を決めなければ、主田後援会がライバルの政治家たちの草刈り場になる、と訴えた。

地元の三カ所に設置した主田事務所も、選挙を行なわないのなら、維持する必要もない。そこにつとめる私設秘書をどうするか、という問題も出て来た。

もちろん、東京の秘書たちの身の振り方も考えなければならない。

「後継者は近日中に決めます。どうしても辞めたい、という秘書がいれば引きとめませんが、維持資金はこちらから送りますから、三つある事務所は継続してください」

戸原は地元の幹部に電話でそう言った。

国家老の岡村秘書とも連絡をとる。

岡村には、元日に病院から、主田の引退は伝えてある。

「オレ、先生が引退したら、主田派とは手を切るよ。七郎さんや八郎さんが後継者に決まっても、次の選挙は手伝わないよ」

岡村はいきなりそう言った。

「どうかしたのですか」

「奥さんから電話があって、長男を先生の後継者に決めたから、絶対に当選させてちょうだいね。お給料も二万円ほどアップしてあげるから、とこうだ。その喋り方が、まるで使用人に対するような高圧的な言い方でね。オレは二万円のアップがいやなら、辞めてちょうだい、と言われてるような気がしたよ」

岡村はボヤく。

「それに、七郎さんの乗った御輿《みこし》なんか、かつぐ気はしないよ。先生が倒れた直接の原因

は七郎さんだからな。むしろ、戦犯だよ。その戦犯を有無を言わさずかつげと言われても

そうはいかない」

岡村は珍しく不満をぶちまけた。

「岡村さん、旅費とホテル代はこっちでもつから、一度、上京してきませんか」

戸原は誘った。

岡村は絶対に味方につけたい男である。

選挙の戦い方を知っている男を味方につけるか敵にまわすかでは、局面に大きな違いが出てくる。

本来なら、選挙区に帰って、三顧《さんこ》の礼を尽くして迎えるところだが、今はそんな余裕がない。

東京に呼んで口説き落とそう、と戸原は咄嗟《とっさ》に考えた。

「そうだな。先生が倒れた直後に一回上京したきりなので、行ってみるか」

岡村は戸原の誘いに乗ってきた。

4

二日後に岡村は上京してきた。

空港から病院に直行して主田を見舞う。

戸原は病院で落ち合った。

「な、が、い、あ、い、だ、あ、り、が、と、う」

主田は岡村の手を握り、ポロリ、と涙を落とした。

「引退はやむを得ませんが、一日も早く元気になってください」

岡村はそう言った。

「岡村さんが上京する、とおっしゃったので赤坂に一席設けてあります。そこへ行きましょう」

病院を出ると夕方だった。

戸原はタクシーを拾って赤坂に走らせた。

「しかし、先生、すっかり老け込んだなあ」

岡村は信じられないように、何度も首をひねった。

「気力がなくなりましたね。政治家は体力も必要ですが、それ以上に、気力ですね。気力をなくしちゃダメです」

「そうだな」

岡村は腕組みをした。

戸原は主田がよく使っていた赤坂の料亭に岡村を連れて行った。

奥の四畳半に、床柱を背にして岡村をすわらせる。

お茶を運んで来た仲居に、十五分間だけ話をするから、と言うと、心得顔で姿を消す。

「岡村さん。単刀直入にお話をしますが、七郎さんは後継者として人格的に問題があるし、八郎さんは真面目だが政治家に必要不可欠なずるさがない。それで、私が後継者として名乗りを上げようと思うのですが、問題は選挙に勝たなければ後継者にはなれません。特に、先生の今回の選挙は大変な綱渡りでした。あれは、岡村さんがいたから勝てたようなものです。岡村さんがいなかったら、先生は完全に落選していた。主田先生が出ても次の選挙は危ないと思います。そんな選挙に、七郎さんや八郎さんじゃ勝てるはずはない。私には勝算がある。それも、岡村さんが組んでくれれば、です」

戸原は熱心に喋りはじめた。

「問題は軍資金だな。戸原君には軍資金があるのかね」

岡村は冷静に尋ねる。

「現時点で五千万円、用意してあります」

「ほう」

岡村は驚いたように戸原を見た。

「株ですよ。いわゆる政治銘柄というヤツに乗ってみたら、当たりましてね」

「その五千万円、使っても惜しくない金なのだね」

「どうせ、アブク銭ですからね。使い果たしても後悔はしませんよ」

「本当だな」

「ええ」

「それじゃ、君に乗るよ」

岡村はニヤリと笑った。

「ありがとうございます。これで、勝てる」

戸原は岡村に握手を求めた。

「しかし、七郎さんか八郎さんが立つと、票が割れるぞ。そうなると、当選はむずかしくなる」

「七郎さんをおろす切り札は握っている」

「田舎じゃ、女のスキャンダルは根も葉もない噂、と否定すればそれまでだ」

「それじゃ、その根や葉を見せてやればいいでしょう」

「どういうことだ」

「七郎さんの子供を宿している女をかかえているのですよ。間もなく、その子が生まれます。七郎さんは認知することになっています。その母と子に選挙区を歩かせますよ」

「ほう」

岡村は深呼吸をした。

「でも、その切り札は、あまり早く出すと、効果はないぞ」

「最後に出しますよ」

「そうしたほうがいい」

岡村は大きくうなずいた。

戸原は内線電話で食事の用意を命じた。

「オレが君につくと、主田家に弓を引くことになるのだな」

ポツリと、岡村は言った。

「やはり、ずっとつかえてきた主田家に弓を引くのはつらいものだな」

岡村は寂しそうな横顔を見せた。

「奥さんに会って帰りますか」

「いや、先生に会ったからいい。奥さんには貸しこそあれ、借りはない」

岡村は首を振った。

その夜、岡村はしたたかに飲んで、裸踊りまでやった。

戸原も一緒になって裸踊りをやった。

ムードは最高に盛り上がった。

料亭からホテルに向かうハイヤーの中で、岡村は上機嫌だった。

「同じ秘書でも君は東京の第一秘書、こっちは選挙用の秘書で、これまで一緒にバカ騒ぎをすることもなかった。でも、一緒にバカ騒ぎをして、オレは君が気に入った。やるぞお、必ず、当選させてやる」

呂律《ろれつ》の怪しくなった舌で岡村はそう言った。

「しかし、君が当選すると、君は先生でオレは秘書になる。気安く、戸原君、とは呼べなくなるのだなあ」

ちょっと考えてそう言う。

「いいですよ、ずっと、戸原君で」

「そうはいかないよ。やはり、先生、と呼ばなきゃおかしい。今から、練習をしておくか、なあ、戸原先生」

岡村はそう言うと大声をあげて笑った。

5

翌日、岡村は議員会館に立ち寄って、昨夜の礼を述べてから、地元に帰っていった。

岡村と入れかわりに、春美の夫の坂井が姿を見せた。

坂井は五人の男たちと一緒だった。

五人の中には主田の選挙区に本社があるローカル紙の記者の吉原《よしはら》の顔があった。

「やあやあ」

坂井は戸原に手をあげると、奥の議員室に入り、ソファの中央にふんぞりかえった。

「きょうは何事ですか」

戸原は迷惑そうに坂井に尋ねた。

「見りゃ分かるだろ。記者会見だ」

「記者会見？」

「まあ、君も七郎君も、そこで見ていたまえ」

坂井は男たちに囲まれて胸を張った。

秘書室から七郎と八郎も顔を出した。

「それじゃ、始めるよ」

坂井は男たちを見まわした。

「私は岳父《がくふ》主田代議士の引退を受けて、その後継者として、次の総選挙に岳父の地盤を受け継いで立候補いたします。何かご質問があれば、どうぞ」

ゆっくりとした口調で坂井は言った。

えーっ、と戸原は叫び出したい気持ちだった。

坂井が政治志向の強いことは知っていた。

しかし、まさか、主田の後継者として名乗り出てこようとは、考えてもみなかった。

春美とは不仲で、離婚は時間の問題だと思っていた。

しかし、坂井は離婚話にはけっして応じようとしなかった。

離婚してしまえば、坂井はただの人になるが、形式的であっても春美と夫婦でいる限り、世間の評価は主田代議士の女婿《むすめむこ》である。

主田の後継者として名乗り出る資格もある。

だから、この男は春美との離婚話に応じようとしなかったのか。

戸原はようやく納得がいった。

五人の男と坂井の質疑応答が始まった。

戸原は七郎と八郎を見た。

七郎は固い表情で唇を噛み、八郎は緊張して蒼ざめた表情をしていた。

「奥さんとはうまくいっていないという話を聞いていますが」

ローカル紙の記者が切り込んだ。

「そんなことはないよ。タメにする噂を無責任に流すヤツがいるからね。そんなものに引っかかって書いたら、君たち、大恥をかくことになるから注意したほうがいい。妻とは非常にうまくいっている。第一、親父の後継者になることを両手《もろて》をあげて賛成してくれたのは妻の春美だからね」

坂井はよくまわる舌で、嘘をまくしたてた。

「君たちもそういうことだから、そのつもりで」

坂井は戸原たちにも胸を張った。

「何しろ、主田先生につながる人間で、現実に選挙を経験したことがあるのは、この坂井だけですからね。後継者としても最適任である、と自負しています」

坂井は言葉を続けた。

「あなたが後継者として名乗りを上げるのは承服できません」

黙っていた七郎がたまりかねたように口をはさんだ。

「それに、姉は坂井さんが父の後継者になることに両手をあげて賛成するはずはありません。姉は坂井さんを恨《うら》んでいますからね」

むきになってそう言う。

「何を言おうと、それは七郎君、君の勝手だ。とにかく、私は、岳父主田代議士の後継者は私しかない、と思って名乗り出たんだ」

坂井は七郎を見くだすような言い方をした。

「父の後継者はあなたなんかじゃない。この私だ」

七郎は顔を真っ赤にして叫んだ。

「ほう。七郎君も後継者として名乗り出るのかね」

坂井は無遠慮に七郎を眺めた。

「私が選挙に出ます。坂井さん、あなたは引っ込んでください」

「そうはいかないよ。後継者として名乗りを上げたのは、ぼくのほうが早いのだからね」

坂井は不敵な笑いを浮かべて、挑むように七郎を見た。

睨み合っているふたりを残して、戸原は主田の部屋を出た。

オレも後継者だ、と喉まで出かかった言葉を飲み込んで国際経済研究所に向かう。

坂井と七郎が衝突をするのなら、どちらもへとへとになるまで争わせればいい。

それまでに、自分は、まず、根回しをしよう、と思う。

選挙区に帰った岡村は、後援会の幹部の間を、後継者は戸原にしたらどうだろう、とコンセンサスをとりつけて歩いてくれることになっている。

そうやって、後援会から、後継者は戸原、という声を出させ、それを受ける形で名乗りを上げる、というのが戸原の作戦だった。

それまでは、自分から後継者として名乗り出てはならないのだ。

秘書である以上、推《お》されて出るのが、最も望ましいし、足を引っ張られない方法である。

永田町ロイヤルビルの国際経済研究所に久し振りに顔を出すと、恭子が歓声をあげて飛びついてきた。

「何事かね」

戸原はいったん強く恭子を抱き締めてから顔を覗き込んだ。

「園子さんに、たった今、赤ちゃんが生まれたのよ。女の赤ちゃんですって」

恭子は自分のことのようにはしゃいでいた。

「わたし、仕事がすんだら、早速、病院に見に行くわ」

「ついに、父親にとどめを刺す子が誕生したか」

「とっても可愛いんですって。名前は片仮名《かた》でユカリとつけた、と言ってたわ」

恭子は目を輝かしてそう言った。

園子が産んだ子は、ひょっとしたら恭子が産んでいた子かもしれないな、と戸原は思った。恭子も七郎と親密だった時代があり、産む意志さえ固めれば、私生児を産んだはずである。

それで恭子はことさらにはしゃいでいるのだろう、と戸原は思った。

「オレも一緒に赤ちゃんを見に行こう。七郎さんに認知させる問題や養育費の問題もあるし」

戸原はそう言った。

11章　野望のとき

1

「私が父の後継者の問題で坂井さんと争っているときに、なぜ、こんなものを持ってくるのですか。後継者の問題に決着をつけるまで、もうしばらく、待っててくれてもいいじゃないか」

七郎は戸原が出した認知の書類を乱暴につかんで足元に叩きつけた。

その書類の中には、戸原を代理人と定め、一切の権利を一任する、という園子の委任状もある。

「園子さんたちにとっても、母子一生の問題ですからね、待ってるわけにはいかないのですよ」

戸原は冷たく突き放した。

「七郎が主人の後継者として、当選するまで、認知は待つように園子さんに言ってください」

そばから、初枝が口をはさんだ。

この応接間にくるのも、これが最後かもしれないな、と戸原は部屋の中を見まわした。

何もかも、戸原が主田の秘書になったときのままだった。

変わっていくのは人間だけである。

「認知なんかしたら、選挙のマイナスになることぐらい、戸原さんには分かるでしょう」

初枝の声は次第にヒステリックになっていく。

「主田家の都合ばかりを主張しても通りませんよ」

戸原は七郎が叩きつけた書類を拾って、テーブルに並べた。

「認知をするのがいやだとおっしゃれば、園子さんは裁判所に駆け込みますよ。それでもいいのですか」

「ぼくは、何も、認知しない、とは言っていない。今はタイミングが悪いから、待ってほしい、と言ってるだけだ」

「そのタイミングは主田家の一方的な事情だ、と申し上げているのです」

「だから、もう一度、そのことを園子に伝えてほしい。それでも、どうしても、というのなら、考えるよ」

「お金で解決できるなら、すぐにあげます。三百万円でどうかしら」

初枝が言う。

「養育費は、毎月五万円でいいそうです。ここに、振り込んでいただく口座と番号が書いてあります」

「そんな五万円を毎月だなんて。三百万円あげるから、それで終わりにしてよ」

「分かりました。あなた方のご希望は園子さんに伝えます。園子さんがあなた方の一方的な意見に感情を害して、七郎さんや奥さんに返事をするより先に、裁判所に駆け込んでも知りませんよ。そのときは、園子さんの返事の代わりに裁判所からの呼び出しと、マスコミの取材陣が来ることになりますよ。それでいいのであれば、私は、これで失礼します」

戸原はテーブルに並べた書類を片づけはじめた。

「ちょっと待てよ。分かったよ。署名して捺印《なついん》すればいいのだろう」

七郎は戸原から書類を引ったくり、投げやりにボールペンでサインをした。

立ち上がって、いったん奥へ引っ込んでから、印鑑を持って現われ、捺印する。

それから、ズボンの尻のポケットから財布を出し、五万円を出して戸原に放って寄越した。

五枚の一万円札は勢い余って床の絨毯《じゅうたん》の上に落ちた。

「今月の養育費だ」

七郎はそっぽを向いてそう言った。

戸原は書類を確認すると、紙袋におさめ、五万円には目もくれずに腰を上げた。

「おい、カネはどうするんだよ」

七郎は尖《とが》った声を出した。

「養育費は彼女の口座にお振り込みください」

「どうせ園子に会うんだろう。それなら持って行けよ。そのほうが面倒臭くないだろう」

「それじゃ、今の五万円、七郎さんが拾い集めて、祝儀袋におさめ、表に《今月の養育費》と書いて、あなたの名前も入れてください。そうやっていただければ、お届けします」

「そんな面倒なことをしなくてもいいだろう」

「それじゃ、口座に振り込んでください」

戸原は引き揚げようとした。

「おい、待てよ」

七郎が立ちあがって戸原の袖口をつかんだ。

「お前、秘書だろう？　金を拾って、祝儀袋に入れて、今言ったように書けよ」

七郎は戸原を睨《にら》んだ。

「勘違いしないでくださいよ。私は主田先生の第一秘書で、主田家の秘書ではありませんからね。まして、七郎さんの秘書じゃない。秘書ということで言えば、私が第一秘書、七郎さんは第二秘書ですからね。第二秘書が第一秘書に命令するのは筋違いですよ」

戸原はピシャリと言って、七郎の手を振り払い主田邸の応接間を出た。

戸原の手には、七郎の死命を制する一枚の紙が、しっかりと握られていた。

2

「後援会の主だったところは、大体押さえた。それで、戸原清一後援会の発表式を兼ねて一席設け、その席で主田五一の後継者は戸原清一とする、という連判状を作ろうと思うんだ。まあ、一席設けるには、タダというわけにはいかんし、少し金を使わせてもらいたいのだがね」

十日ほど経って、岡村が電話でそう言ってきた。

「ありがとうございます。早速、二百万ほど送金しておきます。すべて、岡村さんのお陰ですよ」

戸原は電話口で頭をさげた。

「君が幹部の子弟の入学や就職の面倒をこまめに見てきたのが効《き》いたね。七郎さんや奥さんには世話になったことはないが、戸原秘書には随分世話になった、という人ばかりでね。思ったよりもまとめやすかったよ」

岡村の声は弾《はず》んでいた。

「その連判状が出来上がったら、まず、地元の県政記者クラブで発表し、主田代議士の後継者に戸原を推薦する、とぶち上げてくれませんか。連判状を送っていただくのはそれからで結構ですから」

「分かった。そうしよう。ところで、そっちの状態はどうかね」

「坂井と七郎さんは睨み合ったままです」

「春美さんは？」

「今のところ静観の構えです」

「春美さんを押さえると強いのだがなあ。主田先生は春美さんの言うことなら、何でも、ウン、ウンだからね」

「春美さんなら、僕の言うとおりに動いてくれることになっています。頼めば、主田先生も口説《くど》いてくれるはずだし、主田一族を代表して応援演説もしてくれるはずですよ」

「そりゃあ凄い。後援会の幹部たちに、春美さんという強力な味方がついたと言えば、みんなふるい立つよ。しかし、一体、どうやって春美さんを味方につけたのかね」

「それは、極秘ということにさせてください」

「まあ、いいだろう。こっちは、十日以内に連判状を作って記者クラブで発表する」

「カネはあすの一番で送金しますよ」

「それじゃあな」

岡村は嬉しそうな声を出して電話を切った。

その夜、戸原は都心のホテルで春美と落ち合った。

「このところ、全然連絡してくれないのだもの。寂しくて気が狂いそうだったわ」

戸原がチェック・インをして待っている部屋に飛び込んでくると、春美は燃えた体をぶっつけてきて、真っ先にそんな恨みごとを言った。

「ごめんなさい。男として、今、最も大切な時期だということは、充分、分かっているの」

キスをしてから、すぐに恨みごとを訂正する。

「わたし、何かお手伝いしたいの。坂井は何だかバカなことを言っているようだけど、協力する気は毛頭ないからほったらかしてあるの。いくら、離婚届に印鑑を押してほしい、と言っても、ナシのつぶてなのだから」

そう言う。

戸原に喋る隙を与えないで喋りまくることで、春美は女の寂しさを表現した。

戸原は春美を喋らせたまま、裸にした。

自分も裸になって、春美をベッドに横たえて、唇から首筋、乳房の順にキスをしていく。

乳首を軽く吸いながら、戸原の指が濡れそぼった湿地帯に分け入ると、ようやく、春美のお喋りはとまった。

指と唇と舌を総動員して入念に春美を愛撫する。それに応《こた》えて、春美は甘美な痺《しび》れの中に溶けていった。

長かった空白を埋めていくように、指と舌だけで何度ものぼりつめる。戸原がひとつになったときには、春美は夢と現実の区別もつかない夢幻の境地をさまよっているようだった。

戸原は忘れてしまっていた甘美な世界を思い出したような気がした。

有力な切り札のひとつである春美は、どんな女も苦もなくものにしてきた七郎が、血のつながった兄と妹であるために手が出せなかった女である。

そのために、この切り札は主田一族と血のつながりのない戸原の手に落ちたのだ。

七郎にも手が出せない女が存在することが信じられなかったし、存在することが愉快でもあった。

一体になってからも、春美はたて続けにのぼりつめた。のぼりつめてものぼりつめても、疲れを知らない魔女のように、また、のぼりつめる。

何度目か、十何度目か覚えていないが、最後に戸原は限界に達し、春美のクライマックスに合わせて男のエキスを放出した。

「ありがとう、戸原さん。こんなによかったの、はじめてよ」

疲れ果てて動けなくなった戸原の背中を撫でながら、春美は感謝の言葉を囁《ささや》いた。

「こんなときに、こんな話はしたくないのだけど、春美さんに力になってほしいことがある」

戸原は春美に重なったまま、口を開いた。

「嬉しいわ、戸原さんの力になれるなんて。何でもおっしゃって」

春美は笑顔でうなずいた。

「十日ほどすると、選挙区から後援会幹部の連判状が届くことになっています」

「連判状？」

「つまり、主田五一後援会は主田代議士の後継者として戸原清一を推薦する、という趣旨《しゅし》の連判状です。その連判状が届いたら、私は行動を起こします」

「後継者として、正式に名乗りを上げるとおっしゃるのね」

「連判状を先生にお見せして、後継者として名乗りを上げます、とお断わりしてから、名乗りを上げます」

「後援会の幹部の皆さんの意向があなたなら、父も反対しないわ」

「わたしが名乗り出たときに、坂井さんには消えていただきたいのです。そのために、あなたの力が借りたいのです」

「私、何をすればいいの？」

「坂井さんとは名目だけの夫婦だから、主田代議士の後継者としては認められない、とマスコミに宣告していただきたいのです」

「恥をさらせ、とおっしゃるのね」

「坂井さんは主田先生の女婿《むすめむこ》として選挙に出たいために、春美さんの離婚の要求に応じないのです」

「そうみたいね」

「だから、あなたが事実上の夫婦ではない、と宣言し、主田の女婿を名乗る資格がない、と言えば、坂井さんは選挙に出るのを諦《あきら》めますよ。同時に、利用価値がなくなった春美さんとの離婚にも応じるはずです」

「やってみるわ、わたし。勇気を出して」

「お願いします」

「兄のほうはいいの？　何もしなくても。あなたには、坂井よりもむしろ七郎兄さんのほうが目の上のタンコブじゃないかしら」

「七郎さんは、いつでも引きずりおろせます。ただ、あまり早く引きずりおろすと、八郎さんが身代わりに出て来ますからね。八郎さんのほうが、私には目の上のタンコブになります。だから、七郎さん潰しは、ぎりぎりまで引っ張るつもりです」

「でも、次回、七郎兄さんを引きずりおろしても、八郎兄さんはその次に出てくるわよ」

「主田という名前が影響力を持つのは、次の選挙までです。次の次に、主田八郎なる候補者が現われて、主田五一の正統な後継者だ、と訴えても、ほとんど影響は受けませんよ」

「読みが深いのね」

「野心家ですから。いよいよ、野望を実現するときが来たのです。この機会を逃すと、二度とチャンスはありませんからね。たった一度しかないチャンスを必ずつかまえてみせますよ」

「凄いバイタリティね。若い頃の父がそうだったわ。女はあなたのような男に痺れるのよ」

春美は戸原の首に手をまわし、キスを求めた。

3

主田五一後援会の幹部多数が、主田代議士の後継者は第一秘書の戸原清一が望ましい、という決議をし、連判状で結束を固め、これを公表した、というニュースは、後継者争いを演じていた坂井と七郎に痛烈な一撃を加えた。

それを受けて、戸原は、後援会の皆さまの温かいご支援と付託に応えるために、主田代議士の後継者として次の選挙に立候補し、衆議院に駒を進め、お役に立ちたい、という声明を発表した。

ほぼ、同時に、春美は新聞各紙と主な週刊誌に、坂井との夫婦関係はとっくに終わっており、坂井を主田の後継者と認めることはできない、という内容の文書を送りつけた。

その文書が新聞や雑誌に掲載され、春美のコメントが取り上げられると、さすがに坂井も後継者の看板をおろさざるを得なかった。

しかも、世間は春美がその文書をマスコミに送りつけたのは、兄の七郎を応援するためにしたことだ、と解釈したのだ。裏で糸を引いた戸原の存在に気がついたのは、わずかに岡村だけだった。

「切り札を有効に使ったな」

電話をかけてきた岡村は楽しそうな声でそう言った。

「これで大体決まりだよ。雪崩《なだれ》現象が起こって、各地で戸原後援会結成の動きが急だよ。そろそろ、時機を見て選挙区に張りついて、後援会作りをやって歩いたほうがいい」

「分かりました。ご指示に従います」

「今回の後援会作りに、一千万円かけるけどいいだろうな」

「分かりました。カネはすぐに送金しますよ」

「君のように打てば響くと、実にやり甲斐《がい》があるよ」

岡村は上機嫌で言った。

「今、ここに大村君が来ている。近々、後援会の発会式兼総決起大会を開くから、帰ってほしいそうだ。今、電話をかわるよ」

岡村が電話をかわった。

「お久し振りです。先生の後援会作りのお世話をさせていただきながら、私の票の掘り起こしで、毎日、駆けまわっています。そこで、私の後援会の発会式を兼ねた総決起大会を開こうと思いまして……」

大村は元気な声で、日時と場所を言った。

「よし、必ず帰る」

「お願いします」

大村はひと呼吸置いてから、言いにくそうに言った。

「先生の奥さんから、その会に七郎さんを出席させて挨拶させてほしいという要請がありましたけど……」

「断われ。七郎みたいな男に応援を頼むと、あとで後悔するぞ」

「しかし、何と言ってお断わりすれば……」

「主田代議士の代理としては、第一秘書の戸原が来るから、第二秘書は必要ない、と言えばいい」

「なるほど。そうですね。そう言ってお断わりすることにします」

大村はそう言って電話を岡村とかわった。

「先生の奥さんだけど、昨夜も電話をかけてきて泣くんだよ。七郎を孤立無援にしないでくれって。随分、オレを持ち上げるようなことも言うんだ。主田がここまで来れたのも岡村さんのお陰だし、七郎にはどうしても必要な人なのだから、見捨てないでくれって」

「初めは使用人扱いをしておいて、今度は泣き落としですか」

「そうなんだ。初めから泣かれていたら、オレもどうなったか分からないが、もう手遅れだよ。ここまで君のことで根回しに動いて、今さら、節は曲げられん。そんなことをしたら物笑いのタネだ。オレの信用はひと晩でガタガタになる。二、三の後援会の幹部は、今こそ主田先生へのご恩返し、とか言って、七郎さんの後援会作りに走り回っているが、オレに言わせれば、みんなカネの亡者《もうじゃ》ばかりだよ。あとで充分に買い戻せる票だから、心配はしていない」

「岡村さんを杖《つえ》とも柱とも頼んでいるのだから、よろしくお願いします」

「オレもね、秘書仲間で、しかも年下の君を真剣にかついでいる、というので、こっちでは評判がよくてね。みんな、七郎さんをかつぐもの、と思っていたみたいだ。オレもやり甲斐のある仕事をさせてもらって、喜んでいるんだ。久し振りに燃えている」

岡村は主田の選挙では一度も聞かせたことのない明るい声でそう言った。

岡村が電話をかけてきた日の夜、今度は初枝が電話をしてきた。

「やっぱり、あなたも主田の後継者として、名乗りを上げたわね」

初枝は冷たい口調で言った。

いずれ、戸原が名乗りを上げるのは予想していたらしく、驚いた様子はまったくなかった。

「選挙区の皆さんのご推挙をいただきましたので、旗揚げをいたしました」

「よかったわね、皆さんに推してもらって」

初枝が必死で感情を押し殺している様子は、容易に想像がついた。

「おかげさまで」

「岡村も取り込んだようね」

「はい」

「あんな老いぼれ、ものの役に立つかしら。うちに顔を出すたびに、あなたのことを、あの若僧が、とこきおろしていたのに、よくもまあ、あなたと組んだものだわ」

「彼は同志ですからね」

戸原は初枝の中傷をさらりと受け流した。

「それにしてもあなた、きたないわよ。大村の会に七郎を出せなくしてくれたわね」

初枝はついに、嚙みついてきた。

「秘書がふたりも出ることはないでしょう」

「七郎は秘書としてではなく、主田の長男として出席することにしていたのです」

「おかしいな。先生は、県議選に関しては、現職の子分を応援したいから、と大村君の出馬には反対なさっていたのですからね。主田一族がそんなに大村君の応援をしていると知ったら、現職の連中、気を悪くして、よその陣営に走ってしまうのじゃないかな」

戸原の言葉に初枝は言い返す言葉に詰まってしまった。

「とにかく……、とにかく、七郎も八郎も、あすから議員会館にはやりませんからね。主人が病院にいるのに、そこに出勤させても意味がないわ」

「どうぞ、ご自由に」

「それに、戸原さん。あなた、主田の名前で集めたお金を自分の選挙に使わないで」

「東京と選挙区の事務所の維持費と私設秘書の給料をまかなうのには使っていますが、私個人のためには、ビタ一文、使っていませんよ」

「嘘おっしゃい。主人が入院してから、あなたは一度もお金を持ってこないじゃない」

「先生が引退声明を出されてから、入ってくるカネが五分の一以下に激減しましたから、余分なカネはないのですよ」

それは事実だった。

引退を表明した政治家にカネを払い続けるお人好《よ》しはほとんどいない。

最盛期の五分の一以下になった収入も、減り続ける一方である。

「それじゃ、議員会館の事務所だけ残して、ほかの事務所は全部閉鎖しなさい」

「私設秘書はどうするのですか」

「クビにすればいいでしょう」

「退職金はどうするのですか」

「そんなこと、わたし、知らないわよ」

「それじゃ、無責任ですよ。みんな、生活がかかっているのですからね。松本園子君はあなたの孫を育てているのですよ。そのミルク代にもこと欠くようにしてもいいのですか」

「困れば七郎の事務所にくればいいわ。主田の私設秘書は、全員、七郎の事務所で雇ってあげます。だから、事務所は全部閉鎖よ」

初枝はヒステリックに叫んで、電話を切った。

4

大村の後援会の発会式に帰るために選挙区入りをした戸原を駅まで出迎えた顔ぶれは、主田を出迎えていた顔とすっかり変わっていた。

年齢層がすっかり若返っていたのだ。

戸原は新しい層が若い大村を支持しているのを感じた。

「岡村さんは、会場のほうで後援会の幹部の方々と先生をお待ちになっています」

握手をし、挨拶をしたあとで、大村は戸原の耳元で囁いた。

出迎えた若者たちを、ひとりずつ、戸原に紹介する。

握手をすると、力強く握り返してくる。

戸原は新しい層が燃え上がっているのを感じた。

「私の支持者は、全部、先生の支持者ですから」

そばで、大村が言う。

新しい票に会うために、早く選挙区に帰ってこなければ、と思う。

出迎えてくれた五十人ほどの若者と、ひとり残らず握手をすると、戸原は若者のひとりが運転するスポーツカーで会場に向かった。

「いいねえ、黒塗りの乗用車ではなく、スポーツカーというところが」

戸原は窮屈なリアシートに体を押し込んでそう言った。

「彼の車なのですよ。みんな自分の車を提供してくれて、駆けまわっています」

「ありがたいことだ」

「そう思います」

大村はうなずいた。

「これを」

戸原は内ポケットから茶封筒に用意してきた二百万円を出して大村に渡した。

「軍資金の足しにしてくれよ。ぼくは車を提供するわけにはいかないからね」

「ありがとうございます。発会式に駆けつけてくださるだけで、身に余る光栄ですのに、ここまでしていただいて」

大村は茶封筒を伏し拝《おが》んだ。

「それでは、遠慮なく、ちょうだいさせていただきます」

そう言って、ポケットにおさめる。

「選挙に突入したら、また、帰ってくるよ」

「お願いします」

大村は頭をさげた。

会場は市民会館で、定員二千人の客席には定員をはるかに超す後援会員が集まっていた。

戸原と大村を万雷の拍手で迎える。

ステージの上に並んだ顔も、みな若かった。

初枝の姿も七郎の姿もない。

大村の後援会の発会式は素晴らしい盛り上がりを見せた。

戸原は会場から押し寄せる熱気が、政界に新しい血が登場するのを期待しているのを感じた。

そういえば、主田たちが、毎回、四つの議席を五人で争っている総選挙も、五人の顔ぶれは、ここ十数年、変わっていない。感動しましたよ。このまま、突っ走れば、ブッちぎりの最高点だ」

戸原が、万歳で会が終わると、壇上で大村と握手をして、そう言った。

「先生に言われまして、七郎さんの来援をお断わりしたことを幹部の皆さんが知って、危機感を強め、大動員をかけてくださったのです」

感激に頬を上気させ、大村が言う。

ステージの下では、岡村が連判状の主なメンバーと一緒に待っていた。

戸原はステージから降りて、ひとりずつと固い握手を交わした。

「君の選挙区入りの日程について、協議をしたいので幹部の皆さんに集まっていただいた。駅前のホテルの会議室がとってあるので、そこで話をしよう」

岡村が耳うちをする。

「すべておまかせしますから、よろしく」

戸原はうなずいた。

「はじめ、秘書の戸原さんが出る、と聞いたときは、違和感があったけど、これまでは雲の上の選挙でしかなかったのが、身近に感じられるようになって、それで、連判状に名前を連《つら》ねたのだよ」

戸原の肩を叩いて、そう言う者もいた。

「これまでは、偉い人の選挙だったが、今度からは、仲間の選挙だよ。岡村さんとも話し合ったのだが、連判状に名前を連ねた者は、戸原さんが当選しても、先生、とは呼ばずに、さんづけか君づけでやろうって」

そう言う者もいた。

「盛り上がっていますねえ」

岡村の運転する車でホテルに向かいながら、戸原は感心したように言った。

「君のカネの出しっぷりがよかったからだよ。おかげで、こっちは、効果的に要所要所を押さえることができた。みんなも君のカネの出しっぷりのよさには感心している。やはり、新人といえども、ある程度はカネがきれなければ、安心してついていけないからね。オレもけっして無駄遣いはしないつもりだが、必要なときには使わせてほしいからね」

岡村はハンドルを操作しながらそう言った。

「正式に主田の後継者として名乗りを上げてから、集金機関の東京後援会の結成の準備もすすめています。無名の新人、というので、まだまだ、集められるのは微々たるものだけど、これから徐々にふやしていきますよ。主田の第一秘書として培《つちか》った人脈は、そんじょそこらの陣笠代議士とは違うことを見せつけるつもりですよ」

「頼もしいねえ。オレは最近、生きているのが楽しくなったよ」

岡村は楽しそうに笑った。

5

戸原は東京に帰ると、主田に政治献金を行なっていた国際経済研究所のメンバーのところをこまめに歩いて、後継者として次の選挙に出ますから応援をお願いします、と頼んでまわった。

海のものとも山のものとも分からない君にカネは出せないよ、とか、七郎のほうに献金をすることにしたから君には出せない、といって断わられることが多かった。

それでも、十人に二、三人は、そうまでおっしゃるのなら、これまでの半分でよければおつきあいをしましょう、と言ってくれた。

入ってくるカネは主田のときに集めていた金額の十分の一以下に減ってしまったが、地元の事務所ひとつぐらいは維持できる程度にはなった。

戸原は主田の三つの地元の事務所のうちのひとつの看板を、戸原清一事務所に塗りかえ、岡村に運営を一任した。

私設秘書たちは、七郎のところへ行く者と、戸原のところに残る者とに、ちょうど半数ずつに分かれた。

七郎と初枝は、月のうちの半分は選挙区を歩いて、七郎が本当の後継者だ、と訴えて、有権者の支持を求めた。

さすがに、主田の名前は強く、七郎の陣営も着実に支持者をふやしていった。

「園子という切り札を使って、七郎を壊滅《かいめつ》状態に追い込みたいのだが、まだ、早いんだな。今、七郎を潰せば、すぐに、身代わりに八郎が出てくるからなあ」

七郎が勢力を拡大するたびに、口惜《くや》しそうに岡村は言った。

はじめは、主田派内の勢力争い、として、冷ややかに眺めていた他陣営も、戸原と七郎の争いで足元がおびやかされるようになると、懸命に陣営の引き締めにかかった。

そういった状態で、県議選が火蓋《ぶた》を切った。

戸原は、初日から、大村の選挙カーに同乗して、精力的に選挙区をまわった。

七郎は対立候補の現職の車に乗った。

戸原は数日間だけ大村を応援するつもりだったが、結局、つきっきりで最後まで応援し、昼の街頭演説と夜の個人演説会で大村の支持を訴えた。

結果は、予想どおり、大村の圧勝だった。あおりを食って、七郎の推した現職は落選した。

戸原は気をよくして東京に帰った。

追いかけるように、岡村は地元各地の後援会の発会式のスケジュールを送ってきた。

選挙区の十二市町村単位に、後援会を発足させるスケジュールが立ててあった。

そのスケジュールに従って選挙区入りをする前夜、戸原は思い出して園子を夕食に誘った。

「ユカリちゃんは元気かね」

しゃぶしゃぶの店で、テーブルをはさんで向かい合うと、戸原は赤ちゃんのことを尋ねた。

「とても元気です」

園子はそう言ったが、何となくうかぬ顔をしていた。

月に十日ほどは田舎から母親が上京して、赤ちゃんの面倒を見ているが、その他の日は近所の私設託児所に預けて働いている、と言う。

「七郎さんの養育費の支払いがとどこおっているのではないだろうね」

戸原は園子の顔を覗き込んだ。

「そうじゃなくて、急に、いろいろ言って来たので、気味が悪いのです」

「どんなことを言って来てるの？」

「九州のほうにマンションを借りてやるし、生活費もすべてみるから、そっちでゆっくり暮らしたらどうか。九州がいやなら、北海道でもいい。気に入った土地で贅沢《ぜいたく》に暮らしてくれ。折りを見て、妻と別れて、君と一緒になる、などと言って来ているのです」

園子は七郎のその言葉に、かなり、気持ちがぐらついているようだった。

七郎の奴、切り札を取り返しにかかったな……。

戸原はそう思った。

「戸原さんには大変お世話になって、申し訳ないのですが、奥さんも七郎さんの約束を保証する、とおっしゃってますので、もう一度だけ、わたし、七郎さんを信じてみよう、と思うのです」

伏せていた顔を上げて、園子はそう言った。

園子とユカリを戸原の手の届かないところに隔離されたのでは、戸原の野望はあと一歩のところで挫折してしまう。

「折りを見て、離婚をして君と一緒になる、というのは七郎さんの嘘だよ。彼は、今、君やユカリちゃんのことが表面に出ると打撃を受けるので、君たち母娘を人目につかないところに隠したいだけだ」

「そうでしょうか」

「しっかりしないと、あなたもユカリちゃんも、殺されてしまいますよ。誰も知らない北海道の原野で殺され、埋められてしまったら、それまでですよ」

「そんな……」

園子はおびえた表情を見せた。

「先生の奥さんは、あなたの妊娠を知ったとき、暴力団を雇っておなかを殴らせて、流産させればいい、と言ってたほどですからね。そんな女の甘言を、あなたは信じられますか」

「本当ですか」

園子は悲しそうな目で戸原を見た。

「本当です。ぼくはその言葉を自分の耳で聞きました」

「そんな……」

「政治家は目的を達成するためには、邪魔者ぐらい平気で消しかねませんからね」

「あなたも？」

「ぼくは園子さんをずっと守ってきたつもりですよ。あなたを国際経済研究所に引き取り、変な男に危害を加えられないように守ってあげたつもりです。それなのに園子さんは、捨てられたけど体の関係があった男のほうを信じようとしている。そんなに、体の関係があった男を信じたければ、ぼくがあなたを抱いてもいい」

戸原はテーブル越しに園子の手をつかんだ。園子の手のひらはぐっしょりと汗をかいていた。

男の誘惑に対して無抵抗な手のひらだった。

「わたし、どこまで馬鹿な女なのでしょうね」

つかまれた手をそのままにしておいて、園子は大きく肩で息をした。

「あとで、七郎さんの自宅に電話をして、離婚話が出ているかどうか、七郎さんの奥さんに尋ねてごらん。一笑に付されるだけだよ」

「そうでしょうね」

園子はうなずいた。

戸原は園子の手をはなした。

「少し食べたほうがいい。君は母乳をユカリちゃんに飲ませる義務がある」

「そうですね」

園子は箸をとって、戸原を見た。

「食事のあとで、わたしをどこか、ホテルへ連れていっていただけませんか」

「いいよ」

「わたし、馬鹿だから、今夜九時に七郎さんが訪ねてくる、というのをオーケーしてしまったのです。だから、今夜は帰りたくありません」

「でも、ユカリちゃんは?」

「母が田舎へ連れて帰りました。わたしの身の振り方が決まったら、迎えに行くことになっています」

「分かった。あしたから、君を七郎さんが連絡してこれないように別のところに移す」

戸原は大きくうなずいた。
切り札が戻ってきた。
これで七郎を倒せる、と思う。
代議士への野望に一歩近づいたのを戸原は感じた。
危機一髪だった、と思う。そういった危機一髪はこれからも続くことだろう。
それをひとつずつ乗り越えて、必ず、栄光をこの手でつかむ……。
戸原は表情を引き締めて、箸をとった。

（本書は、平成元年九月に刊行した作品を、
大きな文字に組み直した「新装版」です）

一〇〇字書評

切り取り線

購買動機（新聞、雑誌名を記入するか、あるいは○をつけてください）	
□（　　　　　　　　　　　　　）の広告を見て	
□（　　　　　　　　　　　　　）の書評を見て	
□ 知人のすすめで	□ タイトルに惹かれて
□ カバーが良かったから	□ 内容が面白そうだから
□ 好きな作家だから	□ 好きな分野の本だから

・最近、最も感銘を受けた作品名をお書き下さい

・あなたのお好きな作家名をお書き下さい

・その他、ご要望がありましたらお書き下さい

住所	〒				
氏名		職業		年齢	
Eメール	※携帯には配信できません	新刊情報等のメール配信を 希望する・しない			

この本の感想を、編集部までお寄せいただけたらありがたく存じます。今後の企画の参考にさせていただきます。Eメールでも結構です。

いただいた「一〇〇字書評」は、新聞・雑誌等に紹介させていただくことがあります。その場合はお礼として特製図書カードを差し上げます。

前ページの原稿用紙に書評をお書きの上、切り取り、左記までお送り下さい。宛先の住所は不要です。

なお、ご記入いただいたお名前、ご住所等は、書評紹介の事前了解、謝礼のお届けのためだけに利用し、そのほかの目的のために利用することはありません。

〒一〇一‐八七〇一
祥伝社文庫編集長　坂口芳和
電話　〇三（三二六五）二〇八〇

祥伝社ホームページの「ブックレビュー」からも、書き込めます。

http://www.shodensha.co.jp/bookreview/

祥伝社文庫

第一《だいいち》秘書《ひしよ》の野望《やぼう》　新装版

平成25年 4 月20日　初版第 1 刷発行

著　者　豊田《とよだ》行二《こうじ》
発行者　竹内和芳
発行所　祥伝社《しようでんしや》
東京都千代田区神田神保町 3-3
〒101-8701
電話　03（3265）2081（販売部）
電話　03（3265）2080（編集部）
電話　03（3265）3622（業務部）
http://www.shodensha.co.jp/
印刷所　萩原印刷
製本所　ナショナル製本
カバーフォーマットデザイン　芥 陽子

Printed in Japan ©2013, Kayoko Watanabe ISBN978-4-396-33834-3 C0193

祥伝社文庫の好評既刊

豊田行二　野望街道　新装版

社長秘書、ライバルからの女スパイ、専務の女、常務の娘……すべてを喰らいつくして出世の道を突き進む！

豊田行二　野望街道　奔放編　新装版

この道を突き進め——教え子、美人講師、教授秘書……女を利用し、狙うは学長の座！

豊田行二　野望新幹線　新装版

サラリーマン・大原の夢は〝金も女も自在のままに〟！　画期的商品と口説きの術で取引先美女を攻略せよ！

藍川　京　蜜の狩人

小悪魔的な女子大生、妖艶な女経営者…美女を酔わせ、ワルを欺く凄腕の詐欺師たち！悪い奴が生き残る！

藍川　京　蜜の狩人　天使と女豹

高級老人ホームを標的に絞った好色詐欺師・鞍馬。老人の腹上死を画す女と強欲な園長を欺く秘策とは？

藍川　京　蜜泥棒

好色詐欺師・鞍馬郷介をつけ狙う謎の女。郷介の性技を尽くした反撃が始まった！　シリーズ第3弾。

祥伝社文庫の好評既刊

南里征典
背徳の野望 蜜の罠編
ホテル王を夢みる本郷《ほんごう》に、巨億の富を遺《のこ》して死んだ不動産王の一人娘が、若い肢体を投げ出してきた。

南里征典
背徳の宝冠
舞台女優、社長夫人、貿易会社秘書……ツアー参加の妖しい女体を標的に香月の背徳の捜査が始まった。

南里征典
背徳の祝祭
初夜恐怖症の花嫁、結婚詐欺に遭ったOL……。結婚に関する揉《も》め事をベッドの上で解決する凄い奴がいた。

南里征典
背徳の女取締役
情事の後、若き女取締役は、マネーコンサルタントの舞鶴に、副社長派の不正工事疑惑をそっと囁《ささや》いた。

南里征典
背徳の門
次期社長と目されていた青年重役は会社に卑劣な罠で裏切られた。肉体を駆使した捜査・報復が始まる！

南里征典
禁断のホテル
ホテル内トラブル処理の密命を帯びた宴会支配人、秋月は、泊まり客からのレイプ被害通報に疑問を抱く。